KB170986

나 혼자 마법사다

나 혼자 마법사다 3권

초판1쇄 펴냄 | 2014년 09월 01일

지은이 | L.상현
발행인 | 성열관

펴낸곳 | 어울림 출판사
출판등록 / 2009년 1월 23일 제313-2009-12호
주소 / 서울시 마포구 서교동 395-64 회산빌딩 3층 302호
TEL / 02-337-0120
FAX / 02-337-0140
E-mail / 5ullim@hanmail.net

값 8,000원

ISBN 978-89-992-0747-1 (04810)
ISBN 978-89-992-0722-8 (SET)

이 도서의 국립중앙도서관 출판시도서목록(CIP)은 서지지정보유통지원시스템 홈페이지(http://seoji.nl.go.kr)와 국가자료공동목록시스템(http://www.nl.go.kr/kolisnet)에서 이용하실 수 있습니다. (CIP제어번호 : CIP2014024133)

나 혼자 마법사다

3

L.상현 장편소설

목차

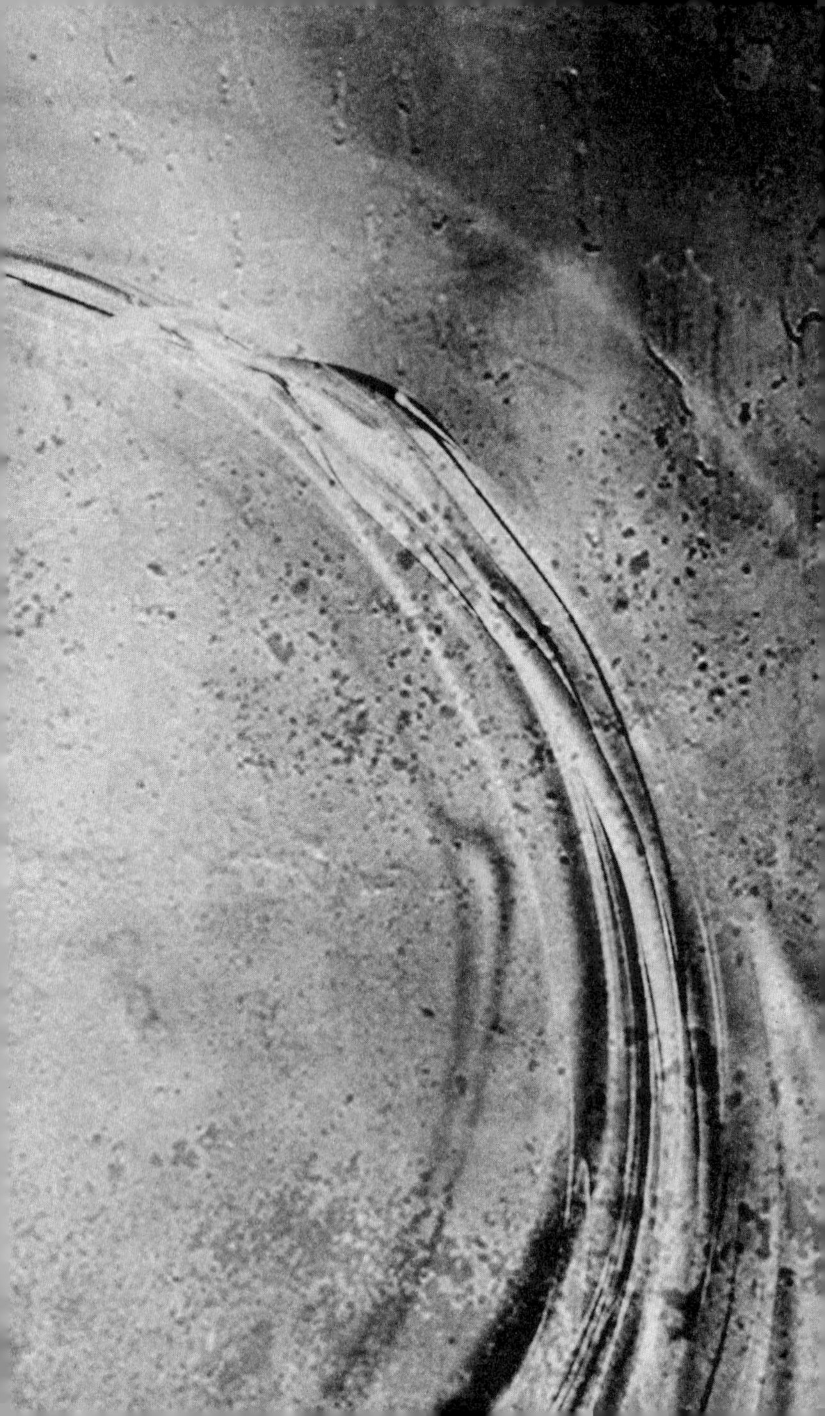

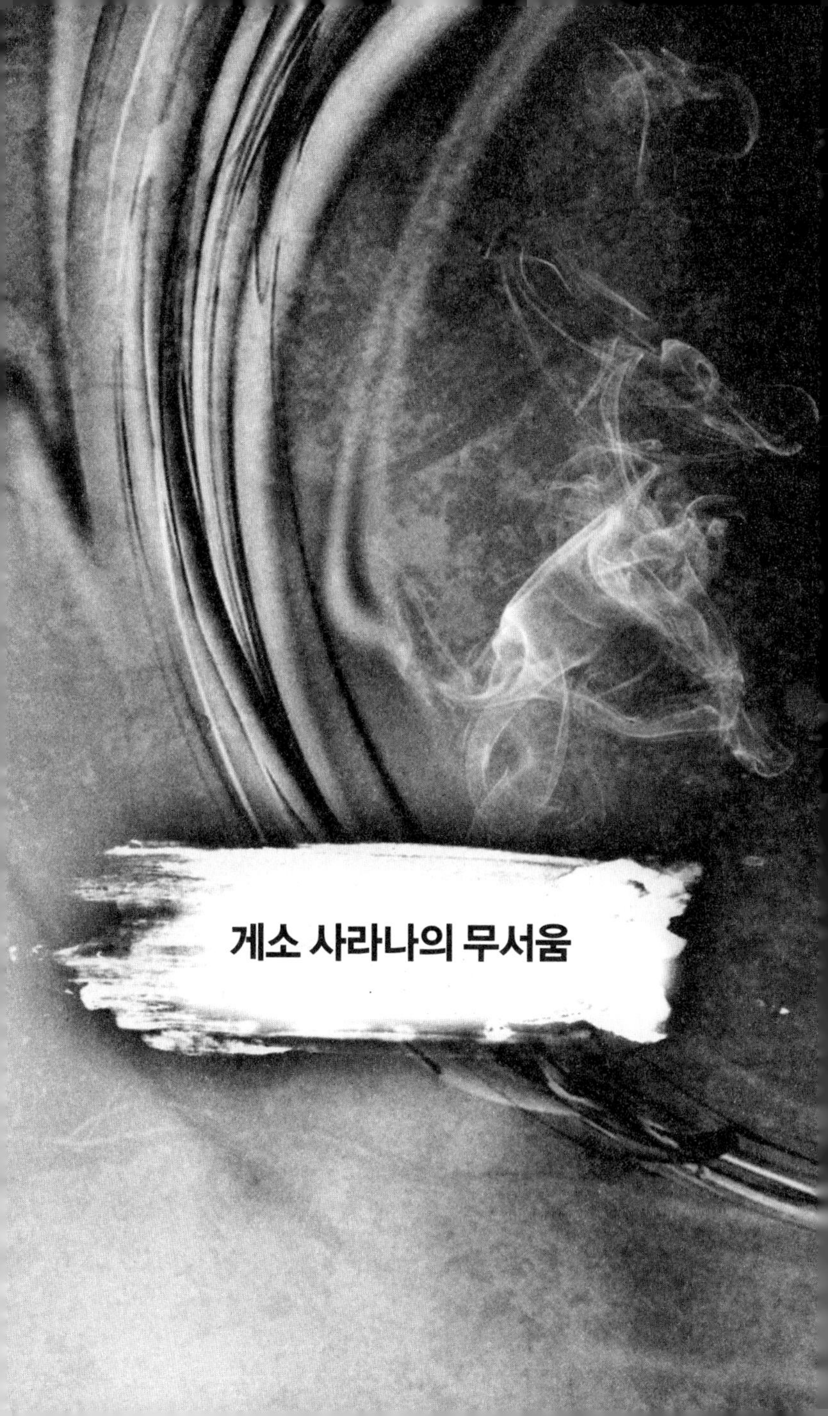
게소 사라나의 무서움

게소 사라나는 비명을 지르는 사람들을 제일 먼저 쳐다봤다.

그리고 자연스럽게 옮겨지는 시선, 그곳에는 수십에 달하는 레이드 파티가 있었다.

"오… 호…? 여긴 겁이 없는 자들만 있는 건가. 부질없는 짓인데 말이야. 크크큭……."

흥미로운 표정을 했다. 레이드 파티는 모두 대기만 하고 있었다. 누구 하나 먼저 공격을 시작하지 않았다.

그 이유는 간단했다. 아파트 3층 정도의 거구 몬스터를 공격해야 했고, 당연히 몬스터에게는 어그로 라는 것이 있다.

자신의 레이드 파티는 전멸하지 말아야 한다는 다짐을 가지고 있었으며, 어떤 존재인지 알지 못하는 탓에 공포심 또한 갖고 있었다.

"왜 가만히 있는 것이냐? 아, 움직이지 못하는 것이냐……?"

게소 사라나는, 움직이지 않고 안절부절 하지 못하는 것을 보고 의아해 했다. 그러나 곧 그런 건 상관없다 말하고 검은 어둠의 기운들을 끌어올리기 시작했다.

레이드 파티들은 어떻게 해야 될지 몰라, 시위를 놓을까 말까 고민했다.

"방어, 방어를 해!"

뭔가 좋지 않은 기운을 느낀 파티가 방패를 들고 있는 사람들을 배치했다. 광범위로 다크 라이트닝을 시전 하려는 게소 사라나의 시전 속도는, 많이 길지 않았기에 발 빠른 대처가 관건이었다.

막을 수 있을지 없을지는 몰랐지만 말이다.

"어, 어서!"

"크큭… 첫 제물로 써주마. 다크 라이트닝—"

대부분이 방패병들 뒤에 숨었다. 물론 그러지 않고 멀리 떨어져 있는 궁수들도 존재했다.

검게 물든 하늘이 전기를 품은 검은 번개를 내리쳤다.

쿠와아아앙!

떨어진 전기들은 하루의 라이데인과 같이 바닥에 장판처럼 펼쳐지기까지 했다.

레이드를 하려던 사람들은 어떻게 됐을 까, 당연한 결과였다. 모두 전멸, 미치도록 전기가 온몸에 퍼진 것도 아니었다. 닿는 순간 그대로 뼈만 앙상하게 남았다.

"흠… 뼈의 상태가 별로 좋진 않구만. 본 나이트―력."

게소 사라나는 핏방울도 없이 죽은 사람들의 뼈를 일으켜 세웠다.

본래 크기보다 좀 더 커진 느낌, 가으하네가 상대했던 본 나이트들보다 지금 일으킨 뼈들이, 게소 사라나가 말한 대로 상태는 좋지 않았다.

멀리서도 보이는 광범위한 게소 사라나의 공격에 사람들은 혼비백산이었다.

"마, 마법사야? 저게 뭐냐고?!"

"빨리 가란 말이다. 이 새X들아!"

"네… 네… 네크!"

이제야 보이는 게소 사라나의 머리 위에 뜬 이름, '네크로맨서 게소 사라나'를 본 사람들은 저절로 정면을 보고 움직이지 않는 다리를 움직일 수밖에 없었다.

자신들이 아무렇지 않게 구경을 하러 온 것이 저런 무시무시한 네크로맨서라니!

멍청하고 바보 같은 자신들을 탓할 수밖에 없었다.

"아…아으아!"

"끼야아아아아!!"

게소 사라나가 만든 본들이 보였다.

민첩성이 얼마나 높은 것인지 저 멀리서부터 달려왔다. 그리고 바로 뒤, 각자 자신들만의 무기를 쥐고 있는 본 나이트들은 등을 돌리고 도망치는 사람들을 학살하기 시작했다.

맞은 상처 부위를 틀어막는 사람들, 그러나 그들의 피부는 순식간에 부패하기 시작했다. 그리고 탄생하는 수많은 강화 구울들, 게소 사라나의 힘이 더 강해진 덕이었다.

그런 구울들은 또 사람들을 물어뜯으며 전염을 시켰다.

모두 충실한 부하들이 탄생하고 있었고, 난장판이었다. 처리하려고 공격하는 사람들도 있었다. 그러나 물량엔, 어쩔 수가 없었다.

게소 사라나는 웃음을 지었다. 생각보다 쓸 만한 것들이 많았기 때문이다.

"미친! 메카 드라이브. 메카 붐!"

쉴 새 없이 기계를 소환하는 기계 공학과 학생들이 있었다. 그런 학생들처럼 좀 괜찮다 싶은 사람이면 어김없이 게소 사라나가 직접 공격을 했다.

구울과 본 나이트들을 막고 있던 그들은 어김없이 죽어

서 변해갔다. 그에 맞는 능력들을 썼다.

"본 메카— 본 드랍—"

지원군이 아니라 그들은 학살자로 돌변한 것이었다.

터지는 바닥의 뼈들! 재탄생 되는 단단한 로봇 모양의 뼈들!

"아… 이거 어떻게… 공포 영화의 한 장면입니……."

"아저씨, 최대한 빨리. 밟아요."

"마법사님, 정말… 제발 제 딸아이… 흐윽……."

하루는 택시를 타고 네비게이션에서 나오는 위험한 뉴스를 바라보고 있었다.

위험한 곳으로 데려다 주는 택시 기사도 나름 사연이 있었다.

자주 가는 곳이 서울인데 하필 오늘도 갔다. 그러나 연락이 안 된다는 것이었다.

모든 사람들의 외면을 받던 하루를 이 아저씨가 태워준 것이었다.

눈물범벅이 되서 앞이 잘 보이지 않았지만 길은 뻥 뚫려 있었다. 사고가 날 위험 따위는 없었다.

"알겠습니다."

보기만 해도 인상이 저절로 찌푸려졌다. 처참한 서울 풍경, 말이 없는 리포터였지만, 카메라는 계속해서 앵글을 바꾸며 찍고 있었다.

'게소 사라나… 위험해. 저 구울이랑 본 나이트들도 강해진 느낌이고…….'

하루는 곧 도착하는 서울의 모습을 보며 인상을 찌푸렸다.

양피지의 내용이 어떻게 됐든, 저 사람들의 일부 정도는 구해야 할 것 같았다.

도로는 이미 난장판, 꽉 막힌 곳을 나가서 사람들은 달렸다. 그치만 급속도로 번지는 구울들의 수는 장난 아니었다.

"내 동생… 어딨어! 소라야. 오소라!"

제일 먼저 도착한 사람은 오준영이었다. 온몸을 무장한 플레이트 아머와 머리 전부를 가려주고 있는 배럴 헬름을 착용한 채 달려오는 구울들에게 방패를 들이밀었다.

쿵!

방패에 구울들이 박히기 시작했다. 오준영은 구울들의 옷과 얼굴을 하나씩 확인하고 방패에서 튕겨내 버렸다.

떨어져 나간 구울들이 다시 오준영에게 달려들었지만, 앞으로 전진 하면서 뿌리쳤다.

"여기요! 살려 주세요오!!"

번쩍이는 플레이트 아머를 입고 나타난 오준영이 구세주처럼 보였는지, 구울들에게 공격을 당하려는 사람들이 도움을 청했다. 그러나 오준영은 빨리 자신의 여동생, 오소라를 찾아야만 했다.

“하… 쉴드-거대화!”

“제발 제… 끄으아!…….”

한숨을 내쉰 오준영은 스킬을 쓰고 구울들이 아직 닿지 않은 곳으로 점프를 했다. 소리를 지르려다 넘어진 남성은 아무 일이 일어나지 않자 두 눈을 떴다.

핏빛이긴 하지만 좀 투명한 것이 구울들을 전부 막고 있었다.

괴상한 소리를 내며 벽을 치는 구울들은, 오준영이 생성한 방어막 옆으로 돌아 공격할 생각은 하지 못했다.

수 백 마리의 구울들이 방패에 붙었다. 그에 한숨을 한 번 크게 쉬고 천천히 앞으로 나아가기 시작했다.

쿠—웅. 쿠—웅.

방패에 붙어 있던 구울들이 밀려났다. 그 모습을 보고 구울의 공격에서 좀 벗어난 사람들은 도울까 하는 생각도 하지 못했다.

오준영은 그대로 나둔 채 뒤도 돌아보지 않고 도주를 택했다.

‘아니야… 아니. 여기엔 없어… 소라야…….’

구웕! 구에이이에에!

구울들의 얼굴을 쭉 훑어 본 오준영은 고개를 설레 설레 저었다. 아무래도 다른 곳에 여동생이 있는 것 같았다.

무사하겠지, 무사하겠지 속으로 생각하며 구울이 되었다면 강제로 가둬서라도 데려갈 생각이었다.

사람들이 멀리까지 사라진 것을 본 오준영은, 다시 한 번 안 쪽으로 점프해 뛰어 들어갔다.

"이 안 어딘가에 숨어서 날 기다릴 수도 있어. 우리 소라!"

구울들은 방패에서 벗어나자 뛰어서 안으로 들어간 오준영을 쫓는 조와 도망치는 사람들을 쫓는 조, 두 개의 조로 갈라졌다.

맞고 있는 오준영의 체력이 달지 않고 있는 것은 아니었다. 다만 극소량만 달고 있었고, 체력 회복량도 좀 느리긴 했지만, 닳고 있는 체력을 회복시키고 있었다.

방패가 막지 못하는 곳을 공격하는 구울들도 있었다. 또는 어디선가 무기를 주워 와서는 뒤에서 공격하는 구울들, 하지만 오준영에게는 그저 잔챙이었다.

기본적으로 오준영에게는 일정 공격을 막아주고 완회 시켜주는 패시브 스킬이 몸 주위를 돌고 있었다.

강한 공격이라도 걸러서 몸에 데미지를 주기 때문에 오준영에게 그리 큰 고통을 주진 못했다.

"소라가… 건물에 숨어있겠지? 빠져나가지 못했다면……."

오준영은 자신을 방해하는 구울들을 방패로 밀어서 쳐낸

뒤 이동을 했다. 다른 사람들처럼 빠르게 움직일 수는 없었으나 보통 사람이 뛰는 정도는 되었다.
장비 때문에 민첩성은 다소 떨어지는 것이었다.
'민첩성을 조금 올릴걸 그랬나…….'
방어력이라는 스텟을 얻으면서, 지금 군대에 들어와 훈련을 하고 여기에 올 때까지, 모든 스텟 포인트를 방어력으로 올렸다.
지금처럼 빨리빨리 움직이고 싶을 때는 다소 후회가 되기도 했다.
게소 사라나가 저 멀리 모이는 곳까지 온 오준영은 무너져가는 건물들을 바라봤다.
뭐가 공격 했는지 폭탄에 맞은 것처럼 무너지고 터지고 폐허가 되어가는 서울의 모습이었다.
오준영은 동생이 한 말들을 기억하려 했다. 서울로 간다는 동생, 그리고 누가 다쳤다는 말… 서울에는 사람들이 많아서 좀 시끄럽기도 하다고 장난스레 말하던 목소리가 하나하나 기억이 났다.
"병원. 병원!"
혹시 병원에 있을까 두리번거리던 중, 오준영이 지나오던 길에서 커다란 폭탄 소리 같은 게 들려왔다.
쿠와앙! 쿠왕!
구울들의 틈으로 불덩어리들이 떨어졌다. 계속 도망을

치던 사람들은 구울을 공격하는 마법사, 이하루의 모습에 환호성을 질렀다.

"파이어―버스터. 버스터―토네이도."

쓸려나가는 구울들의 모습, 우연찮게 빠져나가는 구울들은 어김없이 가으하네의 검에 잘려나갔다.

하루는 게소 사라나가 더한 짓을 하기 전에 막아야 한다는 생각에 블링크도 간간히 섞어가며 도망가는 사람들을 구해냈다.

"가으하네. 계속 이대로 게소 사라나가 있는 곳까지 빨리 간다."

역시 직접 보니 더 처참했고 실감났다. 그리고 강원도 천곡 동굴 앞이 왜 그렇게 변했는지 알 것만 같았다.

다행히도 이곳에 온 것 같은 채령이나 말랑이가 죽었다는 소리는 들리지 않았다.

채령은 따로 하나의 존재였지만 말랑이는 죽으면 알림음이 들린다. 이 시국에 다행이라고 마음을 쓸어 담았다. 그렇다면 채령과 말랑이를 찾을 필요는 없었다.

'게소 사라나, 너만 처리하면 된다.'

마음 같아서는 게소 사르나가 있는 곳까지 단숨에 가고 싶었지만 그 전에 먼저 현재 살아 있는 사람들이라도 구해야 했다.

경험치도 쌓고 말이다.

이런 일이 일어나자 비상인 건 청와대, 즉 정부였다.

비상대책본부를 세워 회의를 하는데 너무나 차분해보였다.

"음… 네크로맨서…라구요? 강한 거 아닙니까."

그 중에는 대통령도 포함되어 있었다. 어떻게 해야 할까 하는 모습이었다.

"이미 많은 시민들이 죽었다 하는데요. 군대는……."

"서울만 장악 됐다니… 군대를 세우고 살아오는 사람들은 일단 죽이는 게… 어떨까요."

"군인들이 죽이면 안 되지. 그냥 막고서 구울들이 처리할 때까지 나둬야지. 안 그렇습니까?"

탁자를 탁, 탁 두들기며 여유롭게 생각이라는 것을 하는 회의장의 사람들이었다.

여러 말들이 오가고 대통령이입을 열었다.

"벽처럼 막고… 있는 것이 좋겠네요. 우리가 대처를 하지 않았다는 것이 알려지면 좀 그러니까. 언론에 정부 대처가 빠르게 진행되고 있다…라고 던져주면 되겠어요. 시간이 지나면 어차피 잠잠해질 테니까요. 언론에서 그리 말하면 믿겠죠. 별 탈은 없었으니까요."

"국민들이 믿을까요?"

"믿어야지. 별 수 있나? 윗사람들은 우리야 우리. 믿어야지 안 그래?"

회의장 사람들은 전부 미소를 지었다. 간단히 해결안이 나와서 일 것이다.

그러던 중, 대통령이 바로 일어나지 않고 잠시 있더니 다시 한 번 입을 열었다.

"게소 사라나의 처리는… 흠. 어떻게든 되겠어요. 아마… 강한 사람들이 가준다 면요. 마법사라든지…요. 한편으로 걱정이 되긴 하네요."

뜻밖의 말을 꺼낸 대통령의 말에 회의장 의원 사람들은 놀랐지만 그냥 웃으며 고개를 끄덕이며 어떻게든 될 것이다 한 마디씩 했다.

그리고 대통령은 밖으로 나가고, 바로 준비해뒀던 차에 탑승했다.

게소 사라나는 신나게 다 쓰러져 가는 건물 옥상에 걸터 앉아서 좋은 풍경이 되어가는 서울을 바라봤다.

사실 여기가 어딘지는 모르겠지만 타오르는 불꽃들과 빛들이 마음에 들었다.

"한 마리도 살아 있으면 안 된다~ 이 세계를 전부 내 세계로 만들어버리겠어. 재밌군. 재밌어."

여기서 또 죽는다면 많이 심심할 것이었다. 살아나는 것은 일정한 에너지가 모여야지 되는 것이었다.
죽는다 해도 어느 정도 시간만 지난다면 살아날 수가 있었기에 별 상관은 없었지만, 기분이 더러웠다.
고작 인간 따위에게 죽는다면 말이다.
"음…? 저건……."
게소 사라나도 하루의 마법을 보고 시선이 꽂혔다. 그리고 마법사가 왔다는 걸 알게 되었다.
그렇다면 많은 이 구울들을 막아낼 수 있나 하루 쪽으로 녀석들을 보냈다.
겉으로 보면 치느님을 먹기 위해 달려가는 우리들의 모습과도 닮아 있었다.
"컨트롤-시져 너희들! 갑자기 왜 이리 많이!"
하루는 그런 구울들을 계속해서 처리해 나갔다. 가으하네도 많은 놈들이 달려오니까 한 번에 처리를 하기 위해 검기들을 날렸다.
"게소 사라나!"
하루는 멀리 보이던 게소 사라나가, 자신을 쳐다보는 것을 느낄 수 있었다. 그와 함께 게소 사라나가 허공에 손짓을 하며 뭔가를 준비하는 듯 보이기도 했다.
"…소환-본 가고일"
하루의 예상이 맞는 듯, 약간의 영창과 함께 주변 구울들을 재료로 해서 날개를 펄럭이는 본 가고일로 재 탄생

시켰다.

많은 구울들을 잘 막고는 있었지만, 물량 공세에 지치는 것이 게소 사라나에게는 보였다. 그래서 더 재미있게 해주기 위해 만든 게소 사라나의 선물이었다.

"계속 만들 생각인가. 게소 사라나… 가으하네. 혼자되겠어?!"

좀 떨어져 있어서 하루는 가으하네에게 소리쳤다. 바로 게소 사라나를 공격할 생각이었던 것이다.

"음… 충분하다!"

"그래? 그럼 난 바로……."

블링크를 쓰고 자리를 벗어나려던 하루를 보자 가으하네가 고개를 강하게 도리질 했다.

"아, 아니. 지금 맡은 놈들로 충분하다!"

그러니까 가지 말라는 말이었다.

하루는 남은 마나를 보며 한숨을 내쉬었다. 이제 거의 바닥을 치고 있었다.

사라지는 마나, 하루는 그것을 확인해보고 나서 페나테스를 꺼내들었다.

장비에 붙은 흡수율이 몬스터와 직접 몸을 맞대며 싸워야지 적용이 되는 것이었다.

가으하네의 말에 어쩔 수 없이 페나테스를 휘두르며 움

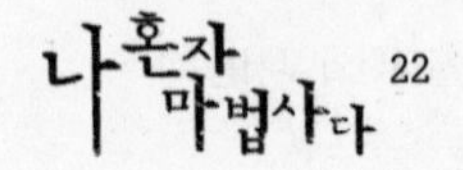

직였다. 찌르고, 날카로운 옆의 날을 이용해서 베어버리기까지 하면서 하나둘 죽여 나갔다.
"컨트롤—"
하루가 페나테스의 예리한 칼날 패시브와 비슷하게 마나로 창을 감쌌다. 앞뒤로 길어지는 창의 길이를 본 하루는 흡족한 표정을 지으며 화염을 인챈트 했다.
성 속성 인챈트가 없는 대신 화염이 다른 속성들 보다는 구울들에게 효과가 있을 것이라 판단했기 때문이었다.
베이고 찔림과 동시에 화염에 휩싸이는 구울들!
단일 대상에게만 강한 가으하네는 옆에서 고전을 하고 있었다. 비록 보잘것없는 구울 나부랭이라 했지만 양이 문제였다.
"하… 이 많은 사람들을… 게소 사라나……."
펄러—억. 펄러—억.
천천히 본 가고일들이 오는 게 보였다. 빠르게 처리할 수 있을지는 몰랐다.
그러나 그것을 만든 것이 게소 사라나였기 때문에 충분하지 않나 생각을 했다.
본 가고일들은 구울들을 처리하고 있는 하루의 머리 위, 주변을 둘러싸며 돌았다.
공격을 하려고 하는 것 같았는데, 무서워서 공격을 하지 않는 건가라는 생각이 갑자기 들기도 했다.

그러다 바닥과 구울이 있는 곳으로 뭔가 찌이이이—하고 쏘아져왔다.

광선이었다. 본 가고일의 입에서 시전 되고 있었다. 하루는 약간 뛰어서 컨트롤로 인해 길어진 페나테스를 휘둘렀지만 뒤로 빼는 본 가고일들이었다.

"날고 있으면 공격 못할 줄 알고?"

하루는 페나테스를 쥐고 있는 상태에서 손을 흔들었다. 쏘아져나가는 바람, 그러나 본 가고일에게, 데미지를 주지는 못했다.

민첩이 꽤나 있는지 쏘아버리는 족족 피해버렸다. 물론 맞은 본 가고일도 있었다. 그런 본 가고일은 체력이 소모되어 그대로 뼈를 떨구며 사라졌다.

구울과 공중에 있는 놈들 전부 상대하려다 보니 골치가 아팠다.

그냥 전부 한꺼번에 죽여 버리고 빨리 게소 사라나를 처리하고 싶었다.

하루는 주위에 뭐 쓸 만한 것이 없을까, 무슨 방법이 없을까 생각했다.

'없다. 게소 사라나를 처리하는 것 밖에는…….'

저번에 잡았을 때는 우선 다른 집몹을 잡은 상태에서 게소 사라나를 잡아 몰랐지만, 원래 주 매개체가 사라지면 그 아래 몹들도 사라지는 것이 게임의 기본이었다.

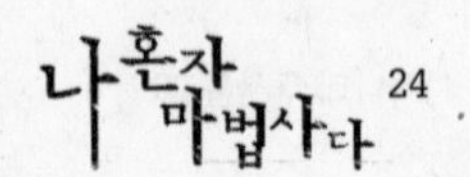

“후… 됐어. 이정도면… 가으하네. 내버려두고 이제 가자. 플라이—”

사람들은 쭉 도망을 갔고, 하루와 가으하네가 힘껏 죽이고, 막았다. 이제 잡히거나 말거나, 그건 그 사람들의 몫이었기에 하루는 더 이상 이런 구울들만 상대할 가치를 느끼지 못하고 있었다.

하루는 본 가고일들을 처리해버리기 위해 하늘로 올랐다. 흠칫 놀라는 듯했지만 곧 그 모습은 하루의 대쉬와 비팅 스피어에 힘없이 사라졌다.

게소 사라나는 역시 그렇게 처리할 줄 알았다는 듯 고개를 끄덕였다. 그리고 뒤에 있는 마법진을 바라봤다.

“좋아. 좋아. 이제야 능력을 좀 쓸 수 있겠군.”

—네크로맨서 ‘게소 사라나’의 능력이 일부 돌아왔습니다. 많은 생명을 취할수록 강해집니다. [능력 개방 10/100]

살아 있다면 모든 사람들의 귓가에 들렸을 것이다.

하루도 이 소리를 들었다. 거침없이 페나테스를 쥐고 어느새 차오른 마나를 사용하여 블링크로 이동을 하고 있었는데 멈춰 섰다.

‘일부? 더 강해진다고?!’

이젠 게소 사라나가 움직였다. 그리고 행동하던 구울들을 전부 멈춰 세웠다.

1대 1로 하루와 싸우겠다는 뜻으로 보였다.

"크으… 아주 좋아. 힘이 없어서 네놈에게 당하다니. 마음 같아선 전에 그 놈도 처리해주고 싶지만."

스르르 떠서 하루에게 다가온 게소 사라나가 말을 했다. 하루는 긴장을 하며 페나테스를 움켜쥐었다.

가으하네도 마찬가지로 전투 준비를 했다. 그리고 옆에서 쿵. 쿵. 하며 뭔가 올라왔다.

"저도 도우죠. 게소… 사라나?를 잡아야지 제 동생 찾을 수 있습니다."

갑자기 어디서 나타난 걸까, 하루의 옆에 오준영이 방패를 들고 있었다.

서울 병원을 들어갔던 오준영은 모든 곳을 돌아보고 없다고 생각했다. 그리고 밖으로 나오자 하루가 구울들을 처리하는 모습과 게소 사라나의 모습이 보였다.

뭔가 일어날 것이다. 게소 사라나 저것이 보스다 생각한 오준영은, 달려도 느릿한 속도로 이제야 겨우 도착을 한 것이었다.

"…넌……."

하루는 기억이 났다. 피부가 좀 타긴 했지만 익숙한 얼굴이었다. 그때가 장비를 얻기 바로 전이라서 기억에 남아 있었다.
방어력이라는 스텟을 가지고 있는 남자, 나중에 볼 수 있으면 보자고 했던 그 맞고 있던 학생이었다.
"후… 잡을 수 있으려나."
"인간 하나 더 왔다고 해서 기분이 좀 괜찮진 것 같군? 크크큭… 그럼 일단 간단히 시작하지."
게소 사라나가 거대한 다크니스 볼트를 만들어내고 있었다. 그리고 움직이지 않던 구울들이 게소 사라나의 곁으로 모여들고 있었다.

위험한 방송, 생방송으로 방송이 되고 있는 단 하나의 현장 방송이었다. 건물이 무너지고 또 무너진 그 틈 사이에 카메라는 여전히 서울의 아찔한 풍경을 비추고 있었다.
구울들이 카메라의 앞을 지나가고, 사람이 물어뜯기는 모습이 전국 사람들에게 보여 지고 있었다. 그 모습을 보고 헛구역질과 오열을 하는 사람들도 있었다.
나서경 기자, 그리고 카메라맨은 여전히 살아 있었다.
"이제 그, 그만… 찍을까요. 엄청난 물량이 생성되고 있는 것 같습니다……."
사람들은 어떻게 저 난리 속에서 살아 있는 것인지 신기했다. 구울들도 왜 앞을 그냥 지나가는지 궁금했다. 정상적이라면 구울들이 벌써 나서경 기자와 카메라맨을 발견하고 죽이는 것이 정상이었다.

나서경 기자는 마이크에 대고 말을 했다. 두려움이 느껴지는 목소리였다.

그치만, 이렇게 말을 하면서도 나갈 수가 없었다. 모든 싸움이 끝나고 구울들이 좀 정리가 되어야지 벗어날 수가 있었다. 그렇지 않으면 죽은 목숨과도 같았다.

카메라맨은 도리질하며 입모양으로 '나갈 수도 없어'라고 말을 했다. 그것에 나서경은 시무룩하고 두려운 표정을 했다.

"방패… 방패… 뭐죠? 지금, 사람이 나타났습니다. 마법사는 아닌데요. 병원 쪽으로 들어가네요!"

갑옷을 입고 방패를 든 오준영이 병원으로 들어가자 나서경 기자는 카메라 앞으로 등장해서 흥분하는 듯한 표정을 지었다.

"아! 이런 난리통에 저리 여유롭게 걸어 다닐 수 있다니… 정말이지, 누구일 것인가 궁금합니다! 네크로맨서를 죽일 수 있는 실력자가 아닐까 예측을 해봅니다!"

진행을 하고, 카메라에 보이는 모든 것들은 인터넷과 집에서 시청하고 있는 시청자들에게 엄청난 이야깃거리였다.

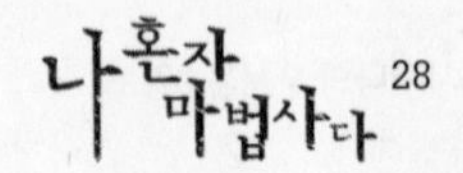

다들 갑자기 나타난 남성에 대해 의문을 갖기 시작했다. 겁도 없이 저기 간 게 누구냐, 부터 시작해서 상위 랭커다. 등 많은 관심이 쏠렸다.

헬름을 쓰고 있어서 얼굴을 보지 못하는 안타까워하는 여성들도 있었다. 그러던 중, 멀리서 펑펑 뭔가가 터지는 듯한 소리가 들려왔다.

부드럽게 옆으로 카메라를 돌리고 카매라맨은 소리가 난 근원지를 향해 클로즈업을 했다.

화염과 함께 터지는 구울들의 모습이 잔인하긴 했지만 그 사람의 모습이 보였다.

"마… 마법사. 마법사입니다!"

마치 우리나라가 월드컵 4강에서 이겼을 때처럼 위험한 뉴스를 보는 사람들의 입에서 환호성이 들려왔다.

나서경 기자도 이제야 미소를 지을수 있었다. 분명 이 상황을 좋은 쪽으로 끌고 갈 것이라 생각한 나서경 기자였다.

구울들을 처리하고 나서 나머지는 내버려 둔채 보스, 게소 사라나에게 접근 하는 모습이 보였다.

처음 관심을 보였던 오준영도 함께 합류를 하니 사람들은 든든했다. 뭔가 보여줄 것 같은 긴장감에 말이다.

"이제… 싸움이 시작 되려나 봅니다! 모두들 기도를!"

나서경 기자의 멘트와 함께 카메라는 게소 사라나가 잘

보이는 풍경을 풀샷으로 고정했다.

카메라맨은 카메라를 놓고 허리를 쭉 피고 난 후, 게소 사라나를 보며 피식! 한 쪽 입 꼬리를 말아 올렸다. 그의 손에는 양피지가 들려 있었다.

❧

시작되는 전투, 오준영은 방패를 들어 올려 게소 사라나를 견제했다. 그 옆에서는 하루가 파이어-버스터를 시전했다.

역시, 그럴 줄 알았다며 게소 사라나는 뒤로 빠졌다. 하루가 그런 게소 사라나에게 파이어-버스터를 날렸지만 피해를 줄 수 없었다.

구울들을 앞으로 들어 올려 방패막처럼 이용한 것이다.

"아직도 그딴 게 통할 것이라 생각하나."

"계속 당하잖아. 안 그래? 게소 사라나."

낯선 목소리가 들려왔다. 하루, 오준영, 가으하네는 아니었다.

백수처럼 보이는 차림새에 얼굴도 그다지 잘생기진 않았다. 다만 입고 있는 헐렁한 셔츠 앞주머니에서 붉은색 빛이 반짝거리며 게소 사라나를 비추고 있었다.

하루는 멈춰 있었다. 아니, 하루뿐만 아니라 오준영, 가

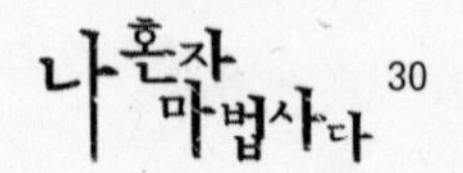

으하네 등, 모든 사람들이 멈춰 서있었다.

하늘에서 떨어지던 구울들의 파편도 그대로, 오로지 정체 모를 사람과 게소 사라나만이 움직일 수 있었다.

"네… 네 놈은!"

게소 사라나는 부들부들 떨었다. 강원도, 처참히 이곳의 인간에게 처음 당했을 때가 떠올랐다.

그때도 지금과 같았다. 단지 장소와 보고 있는 놈들 좀 다를 뿐이었다.

낯선 남성은 손에 쥐고 있는 양피지를 펼쳐보며 말했다.

"음… 힘이라… 힘을 준다네. 한 번 더 죽어야겠다. 게소 사라나."

"내가 힘이 전부 돌아온다며…ㄴ!!"

"다시 바닥에 갇혀 있어라."

띠잉—

게소 사라나의 행동이 멈췄다. 낯선 남자는 여유롭게 게소 사라나에게 다가가, 단검 하나를 꺼내 마구잡이로 휘둘렀다. 피도 흐르지 않았다. 그저 쭉쭉 갈라지는 게소 사라나였다.

"전부 돌아와도 글쎄… 상성이라는 게 있지 않을까. 넌 날 못 이긴다. 다른 사람도 날 못 이긴다… 정도?"

낯선 남자가 셔츠 앞주머니에 있던 빨간 불을 꺼트리고 사라졌다. 그리고 다시 원래대로 돌아온 사람들이었다.

'이상하다… 또…….'

하루는 또다시 전에 느꼈던 뭔가 끊기는 듯한 느낌을 받았다. 중요한 시점이었기에 하루는 또 무시를 하고 집중을 하여 게소 사라나를 없애려 했다.

그치만 미동이 없는 게소 사라나, 혹시 뭘 또 준비하는 것인가! 하고 빠르게 시져 니들을 날렸다.

또 뭔가 골치 아픈 짓을 한다면 안 되니 말이다.

"……?"

"크… 크으윽… 다시, 다시 온다. 푸으웂!"

게소 사라나의 몸에서 터져 나오는 피, 그리고 전과 같이 생성되는 마법진.

하루는 저 마법진이 어떻게 살아나게 하는 것인지 대략 짐작을 하고 있었다. 하지만 단번의 공격에 이렇게 된 것이 의아했다.

당황하였으나 하루는 또 이런 대량 학살이 일어난다면 안 될 것 같아 마법진 방향으로 컨트롤을 했다.

마나들을 날려서 마법진을 헝클어 놓으려는 수작이었다.

"건들지마라아아—!"

마지막 발악인지, 게소 사라나는 피가 터져 나오는 도중에도 하루에게 구울들을 던져버렸다. 그러나 타격은 제로, 오준영이 막았기 때문이다.

게소 사라나의 뒤에 나타난 마법진이 조금 흐트러진 후, 게소 사라나가 사라졌다.

또 다시 나타날 수도 있었다. 긴장의 끈을 놓지 않으면 안됐다.

"잡, 잡았습니다! 모두 물리쳤습니다. 마법사, 이하루 씨!"

이미 모든 네티즌 수사대들이 하루의 신상 정보를 어느 정도 캐낸 상태였다. 그들도 겁은 났는지 이름만 공개를 하고 집 주소는 알았지만 공개하진 않았다.

공개한다 하더라도 만약 찾아가서 공격이라도 받으면 어떻하나, 이 험한 세상에 말이다.

나서경 기자가 카메라 맨과 함께 소리치며 나오자 하루와 오준영의 시선이 그쪽으로 향했다.

'위험한 뉴스……?'

이미 알고 있는 뉴스였다. 하루도 몇 번 방송을 봤기에 나서경 기자를 알고 있었다. 물론 자신의 모습을 찍었다는 것도 말이다.

"와 정말… 이하루 씨가 우리를 구해냈습니다. 단번에 죽이다니, 역시!"

하루는 멘트를 해대는 니사경 기자를 보고 나서 바로 다시 고개를 돌렸다.

구울은 이미 게소 사라나가 사라진 직후 전부 쓰러졌기

에 위험한 요소는 없었다.

"가으하네. 가자. 채령이랑 말랑이 찾아야지."

아직 사과를 하지도 않았다. 나서경 기자가 급히 하루를 불렀지만 하루와 가으하네는 이미 멀리 사라지고 있었다.

하루가 사라지고 오준영만 남자, 나서경 기자가 다가갔지만 다가온 만큼 오준영은 멀어졌다.

점점, 점점 거리를 벌린 후, 오준영은 헬름만 쓰고 갑옷은 일상복으로 바꿔버린 채 뛰어가 버렸다.

그래도 대박이었다.

네크로맨서 게소 사라나, 대형 몬스터 레이드를 성공한 것이었다. 정부에서 도운 건 하나도 없었다.

정치적 문제 거리가 될게 뻔했다.

"우오오오오!"

"역시 마법사! 이름이 이하루였어?"

"사기캐다. 사기캐, 먼치킨!"

모두 하루의 이름을 부르며 광분했다. 그러나 하루는 전혀 다른 생각이었다.

'내가 죽인 게 아니야. 뭔가 있었어, 분명. 앞에 뭔가 있었어…….'

의문투성이였다. 확신을 하진 못하지만 앞에 뭔가 있었고, 게소 사라나는 의문사를 한 것이었다.

그리고 턴에이의 주인님은, 도착하기도 전에 하루가 쓰

러뜨렸다는 말을 듣고 하루를 다시 생각하기로 했다.

조준호가 이끄는 로벨리아는 이미 서울에 도착을 했었다. 하지만 구울로도 벅찼다.

이게 바로 클래스의 차이, 포기하고 돌아섰다. 감히 게소 사라나가 있는 곳까지 가지 못하는 것이었다.

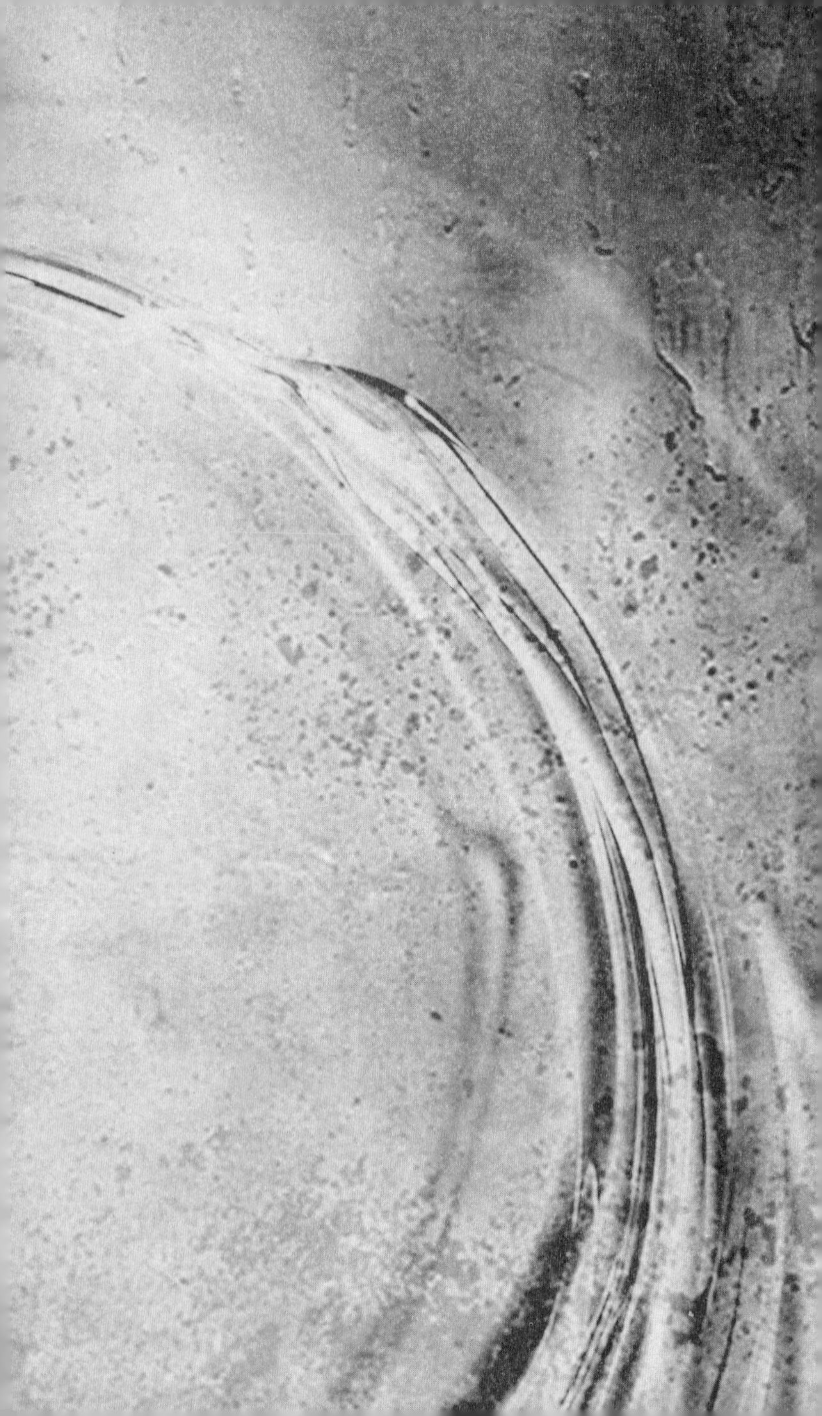

칸드라의 단서?

서울 근처, 하루의 집, 매일 간다던 강가, 자주 가는 커피숍 등 여러 곳을 찾아봤지만 채령과 말랑이가 있는 곳은 없었다.

혹시 삐져서 집을 나간 것인가 생각을 했다. 좀 심한 말을 했으니 말이다. 그렇지만 하루는 심술궂은 표정으로 괜찮다. 더 이상 잡지 않는다! 라고 가으하네에게 말했다. 그리고선 항상 집에 있는 시간이 많았다. 채령과 말랑이가 오길 기다리는 것이었다.

'도대체 어딜… 하…….'

말랑이는 소환 해제를 하고 다시 소환을 해볼까 고민을

했지만 채령과 밀랑이는 같이 있다. 만약 위험한 상황이거나 무슨 일을 당한 것이라면 말랑이가 채령을 도와야 했다.

벌써 며칠이나 지났다. 말랑이는 아직 죽지 않았으니, 다행히 채령도 살아 있다는 증거였다.

"인간. 인간이군. 크르으응!"

하루가 찾고 있는 채령과 말랑이는 나뭇가지 소리에 웨어울프에게 걸린 상태였다. 말랑이가 전투를 위해 손톱을 꺼냈지만 다시 집어넣었다.

채령도 채찍을 인벤토리에 넣었다. 그리고는 둘 다 같이 천천히 고개를 숙이고 웨어울프에게 걸어갔다.

"뭐… 도와 드릴게 없…나요?"

"나도 뭐든 한다. 또 죽으면 안 된다."

웨어울프의 몸집을 봐라, 어디 채령과 말랑이가 이길 수 있는 체격인가? 아무리 스킬이 있다지만 채령이 그리 대단한 것도, 말랑이가 그리 강한 것도 아니었다.

순순히 투항을 하는 것만이 답이었다. 웨어울프의 입장에서는 황당했다. 감히 역겨운 인간 냄새를 풍기는 것과 강아지 새끼가 고개를 조아리며 다가오다니 말이다.

"안 그래도 인간 놈들! 여기 있다는 건 알았지만, 우릴 찾아내다니!"

"우리 상대가 안 되지만 거슬린다. 죽이겠다!"

두 마리의 웨어울프는 팔뚝의 근육을 부풀리며 적대감을

나타냈다. 이대로 공격을 당한다면 허무하게 죽음을 맞이할 거라 생각했다.

채령의 영혼이 지영에게서 떨어져서 다시 귀천을 떠돌 수 있을지 없을지도 몰랐다.

말랑이는 죽는다면 다시 하루의 곁에서 회생이 가능했지만 이미 그 경험 때문에 무시를 당했다. 서러운 나날들! 다시 경험하기는 싫었다.

'이대로 도망을 친다면…….'

말랑이는 도망칠 생각까지 했다. 하지만 옆엔 채령도 있고 자신이 웨어울프 보다 빠르게 도망칠 수 있다는 것이 확실치 못했다. 튼튼한 저 허벅지, 쭉 삐져나와 있는 아킬레스건은 말랑이를 포기하게 만들었다.

"끼… 끼깅! 헥. 헥."

빠른 말랑이의 대처! 바닥을 유격 훈련을 하듯 배를 보이며 기었다. 거기다 꼬리를 살랑살랑 흔들기까지, 동물들이 복종을 하겠다는 표시였다.

모든 동물의 공통 언어였기에 웨어울프는 정말 자신들을 공격하러 온 것이 아닌 가 멈춰 섰다.

"인간과 개. 어떻게 여길 온 것이냐. 분명 통로를 못 찾게 숨겨 놓았는데."

"맞다. 나도 여기서 나가면 찾기 어렵다."

"그게 길을 잃어서요……."

채령은, 말랑이와는 다르게 키가 큰 웨어울프 두 마리를 바라보며 최대한 불쌍한 표정을 지으며 올려다보았다.

동물이든 사람이든 남자는 여자에게 약하다. 웨어울프를 바라보던 중 커다란 무엇인가를 보고 바로 성별을 구분한 후였기에 가능했다.

'같은 여자였다면… 벌써 죽었을지도!'

웨어울프 두 마리 중 한 마리가 채령에게 가까이 왔다. 이리저리 훑어보면서 혼잣말로 어따 써먹어야할까 어따가… 하며 말랑이까지 쳐다봤다.

"일단 따라와라. 로드 만나게 해준다."

"로드…요?"

채령은 두려웠다. 로드라 하면 강한 존재일터, 자칫 죽을 수도 있었다. 하지만 거부할 의사 결정권 따위는 없었다. 웨어울프 두 마리가 있는 곳은 마을의 초입, 경비병처럼 그냥 있던 것이었다.

나무 몇 개를 지나자 다른 웨어울프들도 보이기 시작했다. 사람처럼 전부 다른 얼굴을 지니고 있는 웨어울프들, 옷을 입거나 머리 부분을 염색한 웨어울프 등, 사람과 비슷한 구석이 많았다.

오두막으로 된 상점들도 있었다. 장비를 파는 대장간도 있었고 잡화점 대신 고기점이 있었다. 생고기를 뜯어먹는 웨어울프들의 모습을 보면 징그럽다는 생각 보다는 참 맛있게 잘 먹는다 하는 생각이 들었다.

'우리도 저렇게 되진 않겠지…….'

아마 이 길의 끝 구석쯤에 로드라는 웨어울프의 보금자리가 있을 것이다.

두 마리의 웨어울프는 채령과 말랑이가 잘 따라오는지 확인을 하며 앞으로 전진했다.

돌아다니는 웨어울프들의 수가 줄어들고 좀 커다랗다 싶은 나무로 된 집이 나타났다. 그 옆은 공터와 커다란 의자가 있었다.

'여기가…….'

채령과 말랑이는 직감적으로 이곳이 웨어울프 로드가 있는 곳이라 생각을 했다.

문이 열리고 작은 웨어울프 한 마리가 나왔다. 귀여운 그 모습에 그만 손이 올라갔다.

"아… 귀엽다. 여기 살아?"

쓰담 쓰담.

"……!!"

"…서퍼, 어르서퍼 님!"

작은 웨어울프는 부들거리며 고개를 들어 올려 채령을 쳐다봤다. 한편 채령과 말랑이를 데리고 온 두 마리의 웨어울프는 안절부절 못했다. 눈치 챘듯이 겁 없이 멍하니 쓰다듬은 작은 웨어울프의 정체는 로드였다.

웨어울프 로드, 어르서퍼.

"이… 이 인간 누가 데려온 거지?!"

"저, 저희가 데려… 왔습니다."

이를 꽉 깨물고 물은 어르서퍼의 몸이 갑자기 골격이 변화하며 커졌다. 두 마리 웨어울프의 두 배는 가볍게 뛰어넘는 크기, 채령은 그제야 자신이 무슨 짓을 했는지 알아차렸다.

어르서퍼가 일단 채령은 넘어간 뒤, 두 마리의 웨어울프의 귀싸대기를 후려갈겼다.

작은 체구에서 변화하니 그 위엄은 결코 만만한 게 아니었다. 왜 로드일까 확실히 알게 된 계기였다.

"가봐. 나중에 부르겠다. 인간, 그리고 개새끼? 따라들어 와라."

넘어진 두 마리의 웨어울프들에게는 돌아가라 했다. 그리곤 집으로 들어가며 채령과 말랑이를 불렀다.

어르서퍼의 집은 갖가지 고기들이 걸려 있었으며 피가 들어 있는 유리병, 갑옷인 듯 벽면에 걸려있는 것들이 보였다.

공포스러운 분위기였지만 나름 집의 풍경과 자연스럽게 보였다.

커다란 식탁에 앉은 어르서퍼는 채령과 말랑이에게 눈짓을 했다.

아까 채령의 행동으로 좀 화난 듯 보였지만 지금은 좀 아닌 것 같았다. 오히려 호기심과 관심을 보이는 것 같은 느낌이었다.

“어째서 여길… 온 거지?”

“되돌아가게 해주세요. 길을 잃어서 여기로 잘못 왔는데…….”

과연 로드인 어르서퍼에게도 걸릴까, 채령은 긴장하며 약간의 애교와 불쌍한 기색을 흘렸다.

“도, 돌아가려면 강해져야 한다! 일단 마을 일부터 도와라!”

어르서퍼의 말이 채령운 약간 미소를 지었다. 반은 성공이었기에 이곳에서 어떻게든 살아서 나갈 수는 있을 것 같았다. 그와 함께 하루가 찾는 그 웨어울프의 정체와 어딨는지에 대한 정보도 알아볼 생각이었다.

뱀파이어들의 도시, 블러드 미르.

어둠이 내려앉아 뱀파이어들의 활동이 제일 활발할 시간에 세 뱀파이어, 늑기에와 하르건다함, 다치아가 도착을 했다.

전부 다 멀쩡한 모습이 아니었다. 하루의 마법에 좀 맞아서 그런 것도 있었지만. 그대로 거의 이틀간 쉬지도 않고 날아왔다.

도착하자마자 일단 치료를 위해 관으로 들어가야 했지만, 보고가 우선이었다. 바람직한 옷으로 싸악 바뀐 셋은 로드가 있는 곳으로 갔다.

"로드. 인간들의 도시로 갔던 늑기에, 하르건다함입니다."

끼익—

거대한 문이 문지기 뱀파이어에 의해 열리고 정면, 의자에 앉아 있는 로드가 보였고 그 옆에는 여러 뱀파이어들이 있었다.

셋은 로드의 앞에 가서 예를 갖추고 로드의 하명을 기다렸다.

"그래, 말해 보거라. 아니 그전에 너희의 상태가 왜 그러는 것이냐."

"일이 좀 있었습니다. 인간 중에 강한 힘을 지닌… 자가 있었습니다."

"너희들이 당했다는 것이냐?!"

"고작 인간이, 그랬다는 것이냐. 다치아?! 시집을 어찌 가려고……."

상태가 좋아 보이지 않자 발끈하며 옆에 서 있던 뱀파이어들이 말을 했다. 그러나 로드의 제지로 셋의 대답은 듣지 못하였다.

“알아보러간 것은 어떻게 되었나. 하르건다함.”

“로드, 인간들이 저희와 같은 능력을 쓰는 것은 맡습니다. 지배… 능력을 쓰는 자도 보았습니다. 그러나 그들은 저희와는 다른 능력이라 합니다. 게임이라고 하는 것의… 능력을 어느 날 갑자기 가지게 되었다합니다.”

“갑자기라… 갑자기…….”

로드는 생각을 하는 듯 했다. 옆에 일렬로 쭉 서있는 뱀파이어들도 각각 생각에 잠겼다. 하르건다함의 말을 이해하고, 이제 어떻게 행동을 해야 하는지를 정해야 했다.

인간들의 눈을 피해서 살아온 지 수 천 년이 다되어간다. 가끔 인간계로 가서 여러 일을 도와주거나 숨어서 지내기도 했다.

“인간들은 영악하다. 몸이 약함에도 다른 생명체들의 위에 있지, 이대로 계속 가다간 언젠간 위협을 받을 터…….”

로드는 옆의 뱀파이어들을 쳐다봤다. 전부 장로급 뱀피이어들이었기에 이들의 생각도 중요했다.

잠시 기다리자 다치아에게 고함을 질렀던 뱀파이어가 입을 열었다.

“처리해야겠죠. 뱀파이어인 우리를 공격하는 것도 모자라 상처까지…….”

"아버지. 그건 그것이고 이 문제는……."

"저희들도 다 같은 생각입니다. 거침없이 우릴 공격한 것을 보면… 능력 하나 얻었다고 자신감이 뱀파이어 높은 줄 모르고 기어 오르고 있으니까요."

"다시 인간들을 누를 때가 온 것 같습니다."

뱀파이어들이 고개를 끄덕이며 수긍을 했다. 전부 같은 의견인 것이다. 로드도 고개를 끄덕이며 잘 들었다는 표현을 했다.

그때 늑기에가 급하게 입을 열었다.

"인간들, 아니 인간계에 강한 자들이 꽤 많습니다. 생각치도 못한 일들이 생길 수도 있습니다."

"무슨 일이 있던 건가. 늑기에……?"

혼자 제일 창백한 모습으로 말하자, 이상함을 느낀 로드가 인상을 찌푸리며 물었다. 인간에게 당한 것 말고 또 다른 일이 있었나 하고 말이다.

"저희에게 피해를 입힌 인간 옆엔 더러운 어둠… 을 지니고 있는 생명체가 있었습니다. 순식간에… 상처가 깊었습니다……."

"늑기에. 너를 말이냐?"

"네, 그렇습니다."

뱀파이어 로드가 얼굴을 굳혔다. 순식간에 당한 정도라면 정말 꽤 힘이 있다는 증거였다.

"…우린 인간들의 몰살을 목표로 움직인다. 다들… 준비하도록. 오랜만에 무서움을 보여줘야겠지. 2천 년 만이군."

'나 뱀파이어 로드, 시르패의 아들을 순식간에… 아니, 그전에 늑기에 먼저 혼내야겠군.'

뱀파이어 로드는 늑기에를 찌릿— 째려봤다. 혼날 것을 예상했다. 뱀파이어 장로들 앞에서 인간에게 당했다는 말을 하다니 말이다. 안 그래도 뱀파이어들 중에서 문제아라 알려져, 로드라는 위치에서 장로들의 얼굴을 보기가 좀 위축되었는데 말이다.

"여기까지 하지. 늑기에… 따라오고 나머지는 쉬도록."

하루는 한국 거래 사이트(한거사)에 접속을 했다. 며칠째 집에서 빈둥거리고만 있었다. 여전히 활발한 한거사에서는 매일 새로운 아이템들이 업로드 되었고 특정 상품을 산다는 글들도 올라왔다.

물론, 하루도 그들 중 하나였다.

'삽니다'라는 베스트 란에 기재되어 있는 하루의 글의 제목은 '사람을 살릴 수 있는 아이템 삽니다(아직 돌아가시지 않았음).'이었다.

하루의 본명으로 달린 글이기 때문에 사람들이 추천을 눌러서 하루도 모르는 사이에 베스트 란에 있는 것이었다.

"무슨 댓글이……."

놀라며 게시물을 클릭했다. 혹시나 해서 며칠 전에 올려둔 것이다. 채령이 없어서 뱀파이어들이 어디로 갔는지도 몰랐으며 집을 비우고 어딜 가자니 채령과 말랑이가 돌아오지 않을까 생각했다.

그래서 올린 글, 지푸라기라도 잡는 심정이었다.

날이 지나면 지날 수록 만 단위로 댓글과 조회 수가 상승했다.

[마법사 이하루 맞아?]

[확실하다. 어떤 가격이든 산다고 하잖아. 이런 말을 할 만한 사람이 또 있나? 마법사다. 근데 왜 저런 아이템을 찾는 거야?]

감사합니다. 덕분에 살았습니다. 뱀파이어 자식들!

정말 마법사인 이하루가 맞나, 왜 이런 아이템을 찾는 것인가 하는 댓글들이 많았다. 거기다가 뱀파이어와 게소 사라나에 대한 사건에 대해서 감사함을 표하는 사람들도 있었다.

[퀘스트 중인가? 이하루 님, 혹시 퀘스트 중?]

[마법사 어떻게 되는 거예요?! 저도 마법사하고 싶은데!]

[가족… 살리려 그러는 거? 근데 법사한테 사기 치면 통구이

될 듯. ㅋㅋㅋ.]

각종 말들이 많았다. 추측성 댓글들과 마법사는 어떻게 되는 것이냐는 질문까지 있었지만 하루는 전부 무시했다. 아예 보려고 하지도 않았다.

"난서라도… 단서…….”

하루는 눈을 가늘게 뜨고 댓글들을 훑어보기 시작했다. 사람을 살리는 아이템, 아니 엄마를 살리는 단서 하나라도 누군가 알려준다면 그만큼 고마운 건 없을 것이다.

쭉쭉 댓글을 보던 하루의 눈에 하나의 댓글이 눈에 띄었다.

[으리으리랑: 혹시 책, 달빛 노가다 아시려나. 거기서 나온 콩나물 씨앗이랑 비슷한 걸 어찌 얻게 됐는데… 하늘로 가면 그런 아이템 없으려나? 혹시 천사라도 만날 수 있을지도? 법사님 이거 한 번 심어볼래요. 난 겁나서 못 심겠슴.]

"달빛 노가다라면…….”

무려 40권이 훌쩍 넘어가는 대작 게임 판타지 소설책이었다.

그리고 그 안에서 나온 콩나물 씨앗이라면 하루도 읽었기에 잘 알고 있었다.

천공의 도시, 조인족이 살고 있다던 곳이었다.

그러나 현실인 이곳은 하늘로 올라가면 어떨지 모른다.

'공기가 없어서 죽을 수도……?'

현실적으로 생각한다면 하루의 생각이 맞았다. 그러나 지금 이 세계는 게임화가 되어 있기에 아닐 가능성이 더 높았다. 으리으리랑 이라는 닉네임의 사람이 가지고 있는 콩나물 씨앗이 하늘로 치솟는 그 씨앗이라면 말이다.

하루는 즉시 연락을 취했다. 일단 뭐라도 해봐야 했다.

"네, 혹시 으리으리랑 님… 맞으신가요. 콩나물 씨앗……."

"법사! 법사님!! 우와 대박!"

다행히도 쪽지로 연락처를 보냈었기에 하루는 바로 전화를 걸 수 있었다.

채령과 말랑이는 웨어울프들과 함께 마을에서 멀리 떨어진 곳으로 이동을 했다. 으슥하고 기분 나쁜 것이 왠지 이상했다.

—'파괴된 웨어울프의 보금자리'에 입장하셨습니다.

약 7마리 정도의 웨어울프들이 채령과 말랑이의 주변을

걸었다. 보호해주는 것은 아니고 이곳에서 일어나는 일을 같이 처리하라고 어르서퍼가 동행하게끔 한 것이다.

"여긴. 원래 우리들의 보금자리였다. 계속 이곳에서 살아왔지."

"근데 어쩌다 이렇게 된 거에요?"

앞장을 서던 웨어울프가 이곳에 대한 설명을 시작했다. 정확히는 말을 하지 않았다. 그저 좋지 않은 일이 일어났고 다른 곳에 다시 마을을 형성하기 시작했다고 말이다.

그런데 얼마 전부터 인간들이 보인다는 것과 겁 없이 공격을 해오는 인간들도 있다 하였다.

"이상한 냄새난다. 썩는다. 채령."

말랑이가 두 발로 일어서서 코를 막았다.

막는다고 잘 막혀지지는 않았다.

채령이, 말랑이가 쳐다본 곳으로 눈을 돌리자 건물 한 곳이 츠이익—하며 부식하는 모습이 보였다.

여기만 그런 게 아니었다. 곳곳이 이상한 냄새를 풍기고 있었다.

"크읏… 여기서 뭘 한다고……."

채령도 참다못해 코를 막았다.

웨어울프들도 고통스러운 냄새겠지만 무슨 일인지 인상만 쓰고서 가만히 보금자리를 넓게 쳐다봤다.

뭘 보는 것이지, 채령도 똑같이 보려 했지만 웨어울프들의 눈이 향한 곳은 전부 제각각이었다.

어르서퍼가 그냥 따라가서 도움울 주라고만 해서 무슨 일 때문에 온 것인지는 몰랐기에 채령과 말랑이는 지켜보는 수밖엔 없었다.

"저기… 여기서 뭘……."

"닥쳐라 인간. 너희들은 따라올 필요도 없었는데 말이야."

시끄러운 듯 픽 인상을 구기며 다가오는 웨어울프, 마을에서부터 짜증나고 화난 듯한 말만 쓰며 채령을 괴롭혔다.

뭐라 하면 진짜 싸움이라도 날 것 같았기에 속으로 계속해서 참아냈다.

"가자."

가만히 바라보기만 하던 웨어울프들이 움직였다. 흩어져서 작업을 시작했다.

뭘 해야 되는지 모르던 채령은 웨어울프들의 모습을 보며 천천히 이해가 갔다.

"우리는 종족을, 버리지 않는다. 절대. 그게 인간 너희들과 다른 점이다. 보기만 해라."

신경질 내던 웨어울프도 뒤늦게 지나가며 말했다. 이들 웨어울프들은 부식되기 전이나 남은 뼛조각들을 건지거나 회수를 하고 있었다.

포옹, 포옹 올라오는 독극물 같은 곳에서 웨어울프가 손

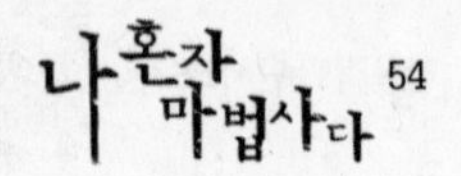

톱으로 녹아내리는 뼛조각을 건져 올리기도 한다. 중요한 손톱이 녹아내리는데도 말이다.

좋지 않은 일로 죽은 웨어울프들을 죽어서도 놓지 않는 정신, 대단했다.

"크으……."

신음을 참으면서까지 뼈라도 건지는 작업을 하는데 웨어울프들이 저마다 힘들어보였다. 그러다 지켜만 보던 채령의 눈에 이상한 게 들어왔다. 그걸 본 건 말랑이도 마찬가지였다.

'저주받은 울프의 영혼'

웨어울프들을 물어뜯고 있었다. 그러나 웨어울프들은 보이지 않는 듯 하던 일을 계속 했다.

"어쩐지. 좀 된 거 같은데, 아직까지 뼈가 남아 있었다니… 저것들 때문이었어."

좀 이상하긴 했다. 이미 망한 마을에 웨어울프들이 지냈던 집들도 무너지고 균열에 곰팡이까지 보이기도 했는데 독극물 같은 곳에 있는 뼈는 최근의 것과 같았다.

아마 저 저주받은 울프의 영혼이 야금, 야금 공격을 해서 죽음에까지 이르게 하는 것이 틀림없었다.

"말랑아."

"알았다. 간다."

채령은 채찍을 들었다. 물론 목표는 저주받은 울프의 영혼이었다. 세차게 내려치는 채찍질, 그러나 채령의 채찍은 웨어울프의 팔에 막혔다.

"이게 무슨 짓이지?! 역시 인간의 본성인가!"

"아니, 옆에 그게 보이지 않아요?"

채령은 당황했다. 웨어울프를 노린 게 아니라 저주받은 울프의 영혼이라는 이름을 허공에 띄우고 있는 이상한 놈을 잡기 위해 채찍을 휘두른 것이다.

그러나 웨어울프는 자신을 공격하려던 게 맞다, 생각했다. 나머지 6마리의 웨어울프들도 하던 걸 멈추고 뭐에 홀린 듯 채령에게 다가왔다.

"옆에 저주받은 영혼이 있다고요! 안 아파요?! 계속 무는데?"

"그런 게 어디 있나. 인간, 개와 함께 처리해야겠다!"

크르르응!

눈빛이 이미 제정신이 아니었다. 저주받은 영혼에게 저주라도 걸렸나 싶었다. 7마리 전부가 이 모양이면 채령에게 살아남을 방법은 없었다.

"역시. 동료들이 계속 죽는 이유가 있었어. 모두 정신 차려라!!!"

어르서퍼가 거대한 모습으로 채령의 바로 뒤에서 나타났다. 듬직하고 거대한 모습으로 7마리의 웨어울프에게 피어를 날렸다.

제 정신으로 되돌아오는 듯 했지만 아직 안심할 수는 없었다.

“어르서퍼… 어떻게…….”

“걱정이되… 가 아니라, 항상 이상했다. 이곳에만 오면 일곱! 이번엔 직접 온 것이다.”

어르서퍼가 잠시 고개를 푹 숙이고 들면서 말을 했다. 그리고 다시 웨어울프들을 쳐다봤다.

“이래도 정신을 차리지 못한다면 맞는 수밖에. 로드는 힘이 강한 자만이 된다. 한 명씩 덤벼라!”

아무리 로드여도 7마리를 한 번에 상대하는 건 좀 버거울 수도 있었기에 약간 말을 다르게 한 어르서퍼였다. 채령이 눈치를 채진 못했을 것이라 생각했다.

‘어르서퍼…….’

하루는 가으하네를 집에 그냥 내버려두고 으리으리랑이라는 사람과 약속한 장소로 갔다.

약속 장소는 홍대 쪽의 한 카페, 가격은 아직 말을 하지 않았다. 만나서 얘기를 하자고 해서 어쩔 수 없이 밖으로 나섰다.

얼굴을 가리지 않는다면 상당히 귀찮은 것들이 따라붙기

때문에 적당히 평범하고 튀지 않는 옷을 입고 마스크로 얼굴을 가렸다.

"콩나물 씨앗이라… 흥미는 가는데 얼마정도를 부를까나."

사고 나서 사용을 했는데 그냥 콩나물 씨앗이라면 돈만 날린 격이 된다. 일단 사용을 해본다고 할까 아니면 힘으로 뺏어버릴까 생각을 하는 하루였지만 이미 돈은 얼마든지 뺄 준비를 해두었다.

가으하네가 뒤따라오지 않아서 간만에 편한 길을 걸어서 카페에 도착을 했다. 별다른 일도 없고 한가하게 카페로 도착한 하루는 고개를 갸웃거렸다.

'카페가… 원래 이렇던가?'

원래 안쪽이 보이지 않게 가릴 수도 있었지만 그건 어디까지나 예전 얘기다. 요즘엔 다 보이고 시원한 풍경들을 선호하는데, 온통 검은색의 카페 창문들이었다.

하루는 혹시나 하고 갑옷을 착용할 준비는 해두었다. 카페로 발을 내딛는 하루, 뭔가 터지는 소리가 났다.

퍼엉! 펑!

갑자기 폭탄이라도 터지는 소리에 갑옷을 착용했다. 그러나 불이 켜지고 사람들의 모습이 보이자마자 안심했다.

"이하루! 이하루!"

"마법사님! 환영합니다!"

곳곳에 걸려 있는 이하루의 사진과 위험한 뉴스에서 찍은 동영상하이라이트 장면들이 순서대로 재생되고 있었다.

사람들도 카페를 꽉꽉 채우고 있었다. 2층까지 있는 카페였고 이미 2층에서 하루가 온 것을 알고 얼굴 한 번 보겠다고 고개를 삐쭉빼쭉 내밀었다.

"이게 무슨……."

하루가 특유의 갑옷을 착용하자 확실히 마법사가 맞다며 좋아했다. 하루가 가만히 놀란 상태로 있자 좀 어려보이는 남자가 걸어왔다.

"이하루 님, 저 으리으리랑 입니다. 이쪽으로……."

"근데 이 사람들은……?"

"제가 거래하러 간다는 게… 퍼지고 퍼져서……."

사람들이 얘기를 하는 중에도 계속 들어오고 있어서 미어터졌다. 하루는 이런 곳에 있기는 싫었다. 사람이 너무 많기도 하고 무엇보다도 더웠다.

"일단 물건을 보여주시죠."

"아, 네."

으리으리랑은 지신도 미안했는지 표정이 좋지 않았다. 자리에 앉고 나서 으리으리랑이라는 닉네임을 쓰고 있는 남성은 인벤토리에서 검지 손가락만한 씨앗을 보여줬다.

크기에서부터 평범한 씨앗이 아니란 건 느껴졌기에, 하루의 눈엔 기대감이 서렸다.

"정보."

콩나물 씨앗

무럭무럭 자라나는 콩나물 씨앗이다. 하늘까지 닿을 수 있을 것 같다. 다만, 자라는 동안 물이 많이 필요하다.

하루는 애매했다. 확실히 하늘까지 올라갈 수 있다는 것도 아니고 '있을 것 같다'라는 게 마음에 걸렸다. 씨앗을 자라게 하려면 특수한 조건이 필요한 것 같았다.

"얼마죠?"

"저도 어쩌다 그냥 주운 거라… 정말로 올라가면 개고생할까봐 가지고 있던 거였는데, 가게 될 때 보여주기만 해주시면 됩니다. 그리고 여기 분들에게 마법 좀 보여주시면 무료로……."

한 마디로 공짜라는 것이었다. 최대한 천만 원 정도까진 생각하고 있었는데, 생각보다 좋은 조건이었다.

여러 가지 레이드로 돈을 벌고는 있었지만 엄마를 최대한 편하고 좋은 집에서 살게 하기 위해서는 아직 갈 길이 멀었다.

절약은 할 수 있을 때는 해야 했다.

고개를 끄덕인 하루는 편히 앉아서 마법을 시전 했다. 공격 마법이긴 하나 조심만 하고 잘만 쓴다면 피해가는 일은 없었다.
"컨트롤—"
마나들이 쭉 나왔다. 푸른빛들이 사방으로 퍼지고 마나들은 가지에 가지를 쳤다. 이 정도 서비스야 기본이었다.
"와… 대단하다, 진짜."
"팬 사이트 내가 당장 가입한다."
"진심 마법사… 전투 직업의 꽃!"
카페 밖에까지 마나들이 나가니까 다른 사람들도 뭐지, 뭐지 하면서 들어오거나 열린 카페 문 앞에서 구경을 했다.
"마법…사? 이하루?!"
걸어가고 있던 중 눈에 띈 모습에 천천히 다가갔다. 쫙 달라붙은 스키니 진을 입고 찰랑이는 머릿결을 지니고 있는 여성은 다급히 핸드폰을 꺼내서 어디론가 전화를 걸었다.
"부대장! 여기 이하루 발견했습니다. 그 마법사요!"
"뭐라…고?"
로벨리아 기지, 조준호는 놀랐다.
찾고 있는 도중에 벌써 동료 한 명이 발견을 한 것이었다.
유한정의 상처도 거의 다 나아서 이하루를 찾으려고 조금씩 인터넷에 올라온 글을 토대로 슬슬 순찰을 돌고 있던 중이었다.
"지금 카페인데… 안에서 무슨 '마법쇼'라도 하는 것 같은데요."

"당장 출발할 테니까 어디가려거든 붙, 붙잡아둬."

"네에~"

전화를 끊은 로벨리아 중 한 명, 은하빈은 환하게 웃었다. 지금 나올 것만 같은 느낌이 확 들어서이다.

충분히 가슴에 뽕도 넣어두었겠다.

파인 옷으로도 갈아입었겠다.

이젠 실전이 남아 있을 뿐이었다.

"좋은 남자다. 기회는 만드는 거지."

은하빈이 '나중에 연락을 하겠다'라고 말한 후 나오는 이하루에게, 매혹적인 자태를 보이며 다가갔다.

이래 뵈도 잘 나가던 연예인이었다.

웨어울프 7마리와 어르서퍼의 대치상황, 한 마리 정도라면 채령과 말랑이가 합심해서 막아볼 수는 있었다.

"하… 오랜만에 힘 좀 쓰겠네."

"괜찮…아요?"

같은 종족이라 죽이는 짓을 하지는 않을 것이다.

그렇다면 저주받은 울프의 영혼에게 홀린 웨어울프들을 압도적인 힘으로 눌러버려야 하는데 죽이지 않고 그렇게 한다는 건, 두 배는 힘든 일이었다.

채령이 걱정되는 모습으로 말을 해서인지 어르서퍼가 공격적인 소리를 지르며 덤비라는 듯 기세를 뿜었다.

휘익—

어르서퍼의 옆으로 날카로운 발톱이 지나갔다.

살짝 피하며 뒤로 이동을 했다. 그러나 반격할 틈도 없이 뒤에서도 들어왔다.

거칠게 공격해오는 웨어울프들은 차마 채령과 말랑이가 끼어들 틈이 없었다.

다만 편하게 싸울 수 있도록 안전한 곳으로 멀찌감치 떨어졌다.

"매일 훈련한다고만 하고… 제 정신을 차리면 기합이다!"

단 한 대도 허락하지 않고 움직이는 어르서퍼는 빨랐다.

하루의 블링크로 과연 피할 수가 있을까 하는 움직임이었다.

채령은 멀리서 지켜만 보면서 관찰을 했다.

저주받은 늑대의 영혼, 저것을 떼어놔야 하는데 어찌 할 방도를 찾지 못하고 있었다.

"어르서퍼! 혹시 옆에 쪼그만 늑대들 보이나요?!"

"큿. 보이긴 한데… 설마!"

어르서퍼의 반응에 채령은 '진즉에 말을 할 걸 그랬나'라고 생각했다. 상대하고 있는 웨어울프들은 이미 감염 같은 것이 되서 보이지 않았던 것이다.

좀 더 빠르게 움직이며 어르서퍼는 상황을 지켜봤다. 저주받은 울프의 영혼을 지키며 웨어울프들이 움직이고 있었다.

'무리하는 수밖에.'

어르서퍼의 다리에 눈에 보이는 바람이 형성되었다. 어르서퍼의 스킬 중 하나인 윈드러너였다. 다만 사용을 하고 나면 제약이 있는 게 문제였다.

손톱을 길게 빼고 거의 보이지도 않게 움직이기 시작했다.

다른 웨어울프들은 움직임을 따라가기도 바빴다. 상황이 역전된 것이었다.

저주받은 울프의 영혼을 어르서퍼가 긁어버리자 순식간에 사라져버렸다.

그리고 웨어울프는 기절, 확인도 하지 않고 어르서퍼는 다음 목표로 향했다.

"휴… 다행이 전부 처리를 할 수 있겠?!"

채령이 슥슥— 베어가는 어르서퍼의 무용을 보고 안심의 한숨을 쉬었다.

그러나 좀 떨어진 곳에 있는 어떤 것을 보고 눈이 커다래졌다.

"저주의 웨어울프의 원혼… 어르서퍼, 뒤에! 피해야!"

거대한 원혼이었다. 역시 투명한 상태, 노리고 있는 것은 어르서퍼였다.
움찔 움찔하면서 들어가서 어르서퍼를 공격할 타이밍을 재고 있던 것이었다.
어르서퍼가 적이 된다면… 채령과 말랑이는 가망이 없었다.
"후려치기!"
채령의 외침에 돌아본 어르서퍼에게 약간의 빈틈이 생겼다. 그 빈틈을 노리고 저주받은 웨어울프의 원혼이 달렸다. 그리고 채령의 채찍도 길게 날아갔다.
채령의 눈엔 시간이 느리게 흘러가는 것처럼 보였다. 쭉 뻗은 채찍이 아슬아슬하게 빗겨나갔다. 채령은 곧바로 고개를 돌려 어르서퍼를 쳐다봤다. 눈이 마주치고, 어르서퍼의 옆엔 저주받은 웨어울프의 영혼이 있었다.
쿠웅!
넘어진 어르서퍼, 다른 웨어울프들의 움직임도 동시에 멈췄다.
"아, 안 돼… 어르서퍼……."
"가야한다. 도망!"
말랑이가 채령을 붙잡으며 말했다. 아마 저 상태에서 일어난다면 공격을 해 올 것이었다. 지금은 도망치는 것만이 최선이었다.
포기하고 말랑이와 함께 채령이 도망치려는 순간 다시

한 번 소리가 들려왔다.
쿠우웅!
이번엔 웨어울프들이었다.
엎어진 웨어울프들 가운데 어르서퍼가 스윽 일어섰다.
어르서퍼의 입가엔 슬쩍 미소가 지어졌다.
"하… 놈들. 귀찮네."
정상, 정상이었다. 채령은 다리가 풀린 듯 바닥에 주저앉았다.
도망을 가더라도 웨어울프들의 속도라면 채령과 말랑이를 따라잡는 것은 시간 문제였다.
그렇기에 모든 걸 포기했던 것이었다.
이 사실을 알면서도 도망치려 했고 말이다.
"흐으앙……."
채령은 옆에 말랑이에게 기대 울기 시작했다.
무서웠다. 죽는다는 두려움을 느껴서였을까, 다리가 떨려왔다.
순식간에 저주받은 울프의 영혼들을 처리하고 다가오던 저주받은 웨어울프의 원혼을 찢어 갈기며 넘어진 어르서퍼는 울고 있는 채령에게로 걸어갔다.
"채…령이라 했나. 그만 울어라."
"어르서퍼……."
"우리 늑대들은 여자의 눈물을 싫어한다. 그러니 참아

라. 내가 널 보살펴…….”

“하루 주인님 보고 싶어. 흐으엉… 말랑아…….”

어르서퍼는 조용히 뒤돌아섰다. 먼저 처리했던 웨어울프들이 깨어나기 시작했다.

'하루? 주인님? 어떤 놈이지. 나보다 강한가?!'

절대 질투나 토라진 건 아니었다.

어르서퍼는 채령의 급작스러운 울음을 그칠 때까지 기다렸다.

그리곤 다시 원래의 작은 모습으로 돌아갔다.

이들과의 싸움이 끝나서였다.

별 상처 없이 깨어난 웨어울프들이 어르서퍼를 발견하고 허겁지겁 달려왔다.

“로드!”

“저희… 어찌 된 일인지…….”

기억이 없는 것이 당연했다. 조종당하고 있었으니 하늘 같은 로드, 어르서퍼를 공격한 기억은 없을 것이다. 그치만 지금 상황을 본다면 자신들이 무슨 짓을 했다는 것을 눈치를 챌 수가 있었다.

“여기서… 몇 명이 땅의 품으로 들어갔지?”

“…40명 가까이 됩니다.”

채령이 흘리던 눈물을 추스르고 어르서퍼에게 다가갔다. 고맙다고 인사라도 해야 했다.

위험한 싱황이었으니 말이다. 그러나 어르서퍼가 먼저 사과를 했다.

"미안하군. 영혼들이… 아직 떠나지 못했어. 아니, 아직 그놈의 힘이 남아 있는 건가……?"

"아니에요. 고마워요. 구해줘서……."

어르서퍼는 슬픈 표정이 되었다.

처음 보는 표정에 웨어울프들은 저절로 고개를 숙였다.

반면, 어르서퍼는 보금자리였던 이곳을 둘러보며 회상에 잠겼다.

그 날은 먹이 사냥도 유난히 잘 되고, 평범하게 흘러가는 날이었다.

어르서퍼도 왠지 나른해서 보금자리에서 좀 떨어진 곳, 햇빛이 잘 드는 곳에서 자고 있었다.

"누군가요."

낯선 웨어울프가 걸어오자 보금자리를 지키던 경비병 웨어울프가 물었다.

키는 보통 성인 웨어울프 같았으며 덩치 또한 꽤나 괜찮았다. 그러나 기분 나쁜 냄새가 느껴졌다.

같은 동족이라면 보통 그냥 보내주기도 했는데 이 웨어울프는 아니었다.

"크… 역시 몰라보나… 그렇다면 죽어야겠지."

낯선 웨어울프는 쓰고 있던 로브의 두건을 벗으며 발톱을 꺼냈다.

허공을 가르는 낯선 웨어울프의 모습에 경비병 웨어울프들이 낄낄 대며 웃었다.

그러나 곧 경비병 웨어울프의 시선은 둘로 나뉘게 되었다.

"크크. 이 맛이지… 내 고향. 향기로운 냄새."

피가 터져 올라왔다.

핏방울들이 분수처럼 하늘을 수놓으며 떨어지고 마을 안쪽에서 누군가 우연히 낯선 웨어울프와 눈을 마주쳤다.

"사, 살인!! 살인이야!!"

갑자기 소리를 지르는 여성 웨어울프의 모습에 웬 미친년인가 가만히 쳐다보기만 했지만 보금자리 입구, 경비병 웨어울프가 바닥에 힘없이 널브러져 있는 것을 보고 비상사태임을 감지했다.

"모두 전투 모드로!"

"어서… 로드는?!"

"여기 안 계십니다. 아무래도 낮잠을!"

장비를 착용하고 웨어울프들이 나타났다.

숲 한 가운데 있다 보니 위험에 대비해 항상 장비를 착용하고 있는 웨어울프 수비대도 있었다.

"아이고. 익숙한 얼굴들이 보…이네. 내 동료들. 크큭……."

낯선 웨어울프는 기분 좋은 표정으로 입구를 지나 천천히 안으로 들어왔다.

쭉 둘러보고 미친 듯 웃었다. 그런 모습을 보고 몇몇 웨어울프들이 고개를 갸웃거렸다.

"익숙해."

"냄새는… 맡아 본 적이 없다. 나도 마찬가지로 낯이 익긴 하다."

"왜, 왜 같은 종족을 죽인거지?! 말해봐라!"

낯선 웨어울프는 공격적으로 대치를 하고 있는 웨어울프들을 정면으로 보면서 손톱을 확— 꺼냈다.

팔에도 힘이 들어갔다. 그리고 뒤에서는 경비병 웨어울프 둘이 삐걱, 삐걱거리며 스르르 일어서서 고개를 푹 숙이고 있었다.

"뭐야, 저것들 살아 있잖아."

"설마 장난한 거야? 저 웨어울프는 누구고?"

잠시 안심을 했다. 그런데 그것이 실수였다.

약간 풀어진 상태에서, 낯선 웨어울프가 빠르게 달려와서 먼저 팔을 휘둘렀다.

역시 경비병 웨어울프를 상대할 때와 같이 허공을 가르는 낯선 웨어울프의 공격이었지만 검은 무언가에 닿은 웨어울프들이 쓰러졌다.

당황한 웨어울프들은 단체로 공격을 시도한다. 그러나 어느새 다가온 경비병 웨어울프들에게 막히고, 다시 공격을 시도하려하지만 동료다. 좀 전까지 웃고 같이 떠들고 왔다갔다 봐왔던 동료였다.

"제, 젠장!!"

"즐겁게 놀자구. 예전에도 같이 재밌게 놀았잖아. 크큭."

낯선 웨어울프가 수비대 웨어울프들을 처리하기 시작하자 도망치는 녀석들이 나타났다. 그리고 로드, 어르서퍼가 자다 말고 급히 뛰어왔다.

"모두를 데리고 도망친다. 그 전까진 내가 버틴다."

피가 손톱을 팔과 손톱을 흘러 바닥으로 뚝뚝 떨어트리며 기분 나쁜 미소를 짓고 있는 낮선 웨어울프와 눈을 마주친 어르서퍼가 말했다.

싸우던 웨어울프들은 모두 동요하는 눈빛이었다.

남아서 같이 싸울지, 아니면 어르서퍼 말대로 도망칠지 말이다.

이상하게 변한 자신들의 동료들도 공격을 해 와서 어떻게 할 수가 없었다.

결단을 내리고 행동을 해야 되는데 어찌 해야 할지 몰랐다.

"내 말을 거역할 것이냐! 나 혼자 막는다 했다. 결단은 내려졌고. 전부… 처리한다."

말이 끝남과 함께 어르서퍼는 거대화를 쓰고 모든 공격을 퍼부을 준비를 했다.

살아남은 웨어울프는 어르서퍼의 명을 따르며 도망을 쳤다.

그렇게 해서 낮선 웨어울프와 어르서퍼는 깊은 상처를 입었다. 동료였던 웨어울프들을 전부 처리한 어르서퍼 쪽이 더 힘겨워 보였다.

"이만 가볼까… 스트레스는 다 풀었으니까. 로드… 역시 강해. 나도 마찬가지지만."

낮선 웨어울프는 그대로 사라졌다.

검은 기운들이 몰리더니 사라져버린 것이다.

처음 보는 신기한 광경에 놀라기도 했지만 죽여 버린 동료들에 대한 눈물이 먼저였다.

"그래서 이곳이 이렇게 변한거지."

"모르는… 웨어울프였어요?"

어르서퍼의 얘기를 들은 채령과 말랑이는 이 보금자리가 왜 이렇게 됐는지 이해가 갔다.

그리고 영혼이 나왔던 이유도 말이다.

"계속 생각하고, 떠올리려고 기억을 짜내었지. 그리고 드디어 이름이 기억났어."

꿀꺽.

채령이 침을 삼켰다. 검은 기운이라면 하루가 찾고 있는 칸드라가 맞을 확률이 많았다.

공격당한 후, 다시 살아난 웨어울프들에 관한 이야기도 그렇게 말이다.

어르서퍼와 채령이 똑같이 입을 열었다.

"칸드라."

"칸드라."

채령의 입가에 미소가 번졌다.

주변의 공격

하루는 마나를 거의 다 소진하다시피 하고 붙잡는 팬들의 손을 뿌리치며 밖으로 나왔다.

팬들이 거의 여자들이라 갑옷을 벗고 왔다 갔다 하며 계속 있고 싶었지만, 그렇게 하면 이상한 꼴을 보일 것만 같았다.

“하… 네. 감사합니다. 감사합니다.”

연예인들이 바로 이런 기분이었구나, 연예인이 참 피곤한 직업이었구나 생각했다.

그러던 중 누군가 하루의 팔을 붙잡았다.

정확히는 팔짱에 가슴도 밀착 시켰다는 표현이 정확했다.

이게 무슨 일인지 그 정체를 확인했다.

보기 드문 미모의 소유자였다. 채령과 견주어도 꿀리지 않는 미모.

"뭐하느… 누구세요."

"오빠를 사랑하는 사람… 날 버리지 마요. 제발……."

'뭐야 이 여자……?'

별 이상한 사람이 꼬인다 하루는 생각했다.

은하빈은 더욱 깊은 눈망울로 하루의 눈동자를 쳐다봤다.

하루는 왠지 모르게 이 여자, 은하빈에게 빠져 들어가는 느낌이었다.

입을 맞추고 싶다는 강렬한 충동이 들기도 했다.

"뭐야. 애인?"

카페에서 하루가 나가자 똑같이 우르르 나온 하루의 팬들이 하빈과 하루를 보며 속닥거렸다.

감히 법느님에게 탐스러운 것을 들이대며 있다니, 분노하는 팬들이었다.

"아니, 그… 뭘 사랑해요. 저는 그쪽을 처음 보는데."

"아니에요. 기다려요. 전 처음 보는 게 아니에요. 저 싫어요? 이렇게 팔짱 끼는 것도?"

입술을 쭉 내밀며 애교와 콧소리를 섞어서 하루에게 더욱 달라붙는 하빈이었다.

하루의 키는 1년간 많이 커서 178cm정도, 보통 남성의

키였다.

아담한 사이즈의 하빈의 키는 167cm였다. 하루가 내려다보면 두 개의 동산이 보인다.

처음 겪어보는 애교와 커다란 동산 두 개를 보니 하루의 얼굴이 붉게 달아올랐다.

“아니, 싫은 건 아닌데. 저기. 좀 떨어지시면…….”

“그럼 번호 알려줘요. 번호.”

“번호요? 그… 알았어요.”

하빈이 내민 핸드폰을 얼떨결에 받아들고 번호를 찍었다. 그러면서 가으하네를 두고 온 것을 후회하고 있는 중이었다.

가으하네의 모습으로 충분히 여러 사람들이 차단되었을 것이다.

“아, 나도! 저도 번호 줘요!”

“이하루 씨, 제가 더 커요! 내 번호 드릴게요! 010…….”

하루와 하빈의 모습에 팬들이 난리 났다.

연인 관계는 아니었고 하빈이 번호를 따고 있었다.

그러니 하이에나처럼 달려들고 있는 것이었다.

당장이라도 하루는 하빈이 잡고 있는 팔을 뿌리치고 블링크를 쓰려 했다.

그러나 눈에 보이고, 펄럭이는 것 때문에 얼굴이 굳어졌다.

“턴에이.”

∀의 문양이 그려진 망토를 입고 있는 사람이 다수 나타났기 때문이다.

하루는 하빈의 팔을 뿌리치고, 페나테스를 장착했다. 그리고 곧바로 블링크, ∀들과의 거리를 좁혔다.

"이 개… 개자식들. 파이어－버스터"

"자, 잠시!"

∀망토를 입고 있는 건 로벨리아, 조준호와 동료들이었다. '이하루'라는 마법사, 현재 최고 위치에 있는 자가 ∀에 악감정을 가지고 있나 확인을 하기 위해서 망토를 입고 나온 것이었다.

정말 ∀들과 만나게 된다면 좀 골치 아파질 수가 있었지만 그만큼 위험을 감수하면서 만나야 하는 게 바로 하루였다.

'확실해, ∀에게 악감정이 있어!'

이보다 기쁠 수는 없었다. 당장 환호라도 지르고 싶었지만 생각보다 상대가 강하게 나왔다.

일렁이며 공중에 떠있는 불덩이들과 잘 빠져서 많이 아프게 생긴 창, 역시 영상으로 보는 것 보다는 지금이 훨씬 대단했다.

조금이라도 이상한 행동을 한다면 바로 공격할 기세였다.

"저희는 턴에이가 아닙니다. 단지 확인을……."

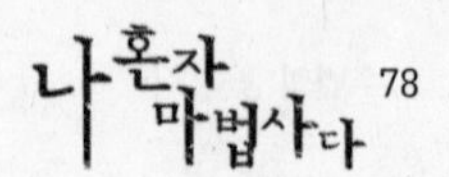

"허튼 수작 부리지 마라. 아선 아저씨 가족은 어디 있어. 빨리 말 못해?"

조준호가 망토를 벗자 잠시 뭐하는 거지? 하는 표정을 지었지만 하루는 믿지 않는 듯한 모습이었다.

공격적인 말투와 언성, 하루는 지금 흥분 상태였다. 그토록 보고 싶었던 ∀를 발견했으니 말이다.

정확히는 저들이 왔지만 말이다.

조준호는 두리번거리며 입을 열었다.

"여기는 사람이 많습니다. 조용한 곳에서 얘기를……."

"다시 말하지만 허튼 수작 부리지 마라. 아무리 공격한들 내 몸에 상처 하나 못 내."

하루는 거친 숨을 내뱉으며 걸음을 뒤로 옮겼다. 좀 전에 나왔던 카페로 다시 들어가는 것이었다.

하빈은 그런 하루를 보며 좀 전에 자신과 얘기하던 그 사람이 맞나 싶었다.

조준호와 눈을 마주치고 하빈은 뒤로 물러섰다.

"전부 나가주세요!!"

카페엔 아직도 사람이 많았다.

직원들도 많이 분주해 보였다. 하루의 외침에 무슨 일이지 하고 쳐다봤다.

그리고 궁시렁 거리며 뭐라고 해댔다.

"네가 뭔데 나가라 마라야?"

"지가 사장도 아니고, 돈 내고 있는 사람한테."

쿠와아앙!

가만히 있는 사람들의 모습에 하루는 흥분을 가라앉히지 못하고 한 쪽 테이블을 바람으로 전부 날려버렸다. 사람 몇 명이 벽면에 부딪치기도 했다.

"전부 나가. 힘을 쓴다."

공격적인 목소리와 지금 카페 상태를 본 손님들은 두려워하며 하나둘 우르르 카페를 나갔다.

그리고 사장과 카페 매니저가 조심스럽게 다가왔다.

"저희는 어떻게……."

"나가주세요."

부탁 식으로 말했다. 그리고 하루는 아무 의자 하나를 빼서 앉았다.

푹신한 의자 덕분에 마음이 조금 진정되긴 했지만 들어오면 그냥 마법을 갈겨버릴까 생각이 들었다.

카페 밖에서는 도대체 무슨 일이냐고 몰려 있는 사람들이 대다수였다.

또한 로벨리아를 찍고 있는 사람들도 있었다. 모든 원흉이었다.

갑자기 마법사, 자신들의 우상이 변해서 카페로 들어간 것이 말이다.

딸랑-

조준호가 카페 문을 열고 들어왔다. 유한정은 같이 오지 않았다.

혹여 언쟁이라도 벌어지면 욱하는 성격 때문에 일을 망칠 위험도 있었고 몸이 완전히 회복된 것은 아니었다.

하루의 앞에 조준호가 의자를 알아서 끌고 와서 앉았다.

"로벨리아 부대장, 조준호라고 합니다. 악감정을 지니고 있는 턴에이에 대해서 알려드리겠습니다."

김유정은 하루의 집 앞을 서성거렸다.

요즘 따라 계속 이런 행동이 잦아졌다.

지금 하루가 집 안에 있는지 없는지 몰랐다. 아니, 확인할 생각도 하지 못했다.

'왜 이러지 내가…….'

이하루, 순수해서 많이 귀여워하던 놈이었다.

학창 시절을 같이 보내고 여러 가지 추억들을 함께 공유했다. 자신의 마음은 딱 거기까지였다.

"설마 내가 속물… 인건가? 아니야, 이건……."

세상이 게임화가 되고, 하루가 마나라는 것과 마법을 쓸 수 있는 것에 신기해하고 부러워했다.

갑자기 사라지고 나서 나중에 되돌아오니 하루는 너무나

큰 존재가 되었다.

이미 슈퍼스타 급, 가까이 대할 수도 막 대할 수도 없었다. 그렇지만 친한 척 하며 계속 다가갔다.

요즘 '다시' 느끼기 시작한 감정은 예전부터 이미 가지고 있었다. 오랜만이라서 어색할 뿐이었다.

유정은 핸드폰을 열었다. 사진첩에는 친구들과 찍은 많은 사진들이 저장되어 있었다. 그 중에는 역시 하루의 사진도 있었다.

친하게 같이 찍은 사진들도 있었다. 물론 고등학생일 때의 얘기였지만 말이다.

"하루… 정말, 하루하루 미치게 한다. 이하루."

자신의 머리를 때리고 나서 땅바닥을 보고는 한 숨을 쉬었다. 지금의 자신이 너무나 한심했다.

가지고 있는 이 마음을 어디라도 풀고 싶었다.

핸드폰에 저장되어 있는 하루의 번호를 당장이라도 누르고 싶었고 집에 찾아가고도 싶었다.

그러나 용기라는 건 없었다.

"혹시 또 어디 위험한데 간 거 아니야?!"

전화를 해서 목소리라도 들을 수 있는 방법은 이것밖에 없었다.

이미 '게소 사라나'라는 대형 몬스터까지 잡아버린 하루가 위험할 리 없다는 것은 알고 있었지만, 걱정이 그렇게 크게 되는 건 아니었지만… 이렇게라도 해야만 숨을 쉴 수 있을 것 같았다.

다른 것은 손에 잡히지도 않고 대학, 대학교에서도 책상에 어느새 하루의 얼굴을 그리거나 빅뱅의 '하루하루' 노래를 따라 부르고 있었다.

띠리리리… 띠리리…….

부들거리는 손으로 눌러버린 하루의 번호, 수신음이 전달되고 있었다.

끊을까 말까, 고민이 되어 취소 버튼 위에 손가락을 대고 있었다.

전화는 그것으로 끝, 더 이상 수신음은 가지 않았다.

'무슨 일이 있나, 아니면 일부로 피하거나… 내가… 그런 걸 알고 있나…? 아니면 다른 여자랑…….'

여러 가지 잡생각이 들었다. 그리고 발걸음이 저절로 어디론가 이동이 됐다.

"이, 이하루! 문 열어! 또 어딜 갔어, 위험한 짓은 하지 말랬지."

이기적인 여자로 보일 수도 있지만 '그렇게 위험한 몬스터를 혼자서 잡으러 가다니, 그러다가 다치거나 죽으면 어쩌려고 그러냐 말이라도 해야 했다'라는 건 핑계고 집에 있나 없나 확인을 하기 위해서였다.

그래야 유정, 자신도 집으로 발걸음을 옮길 수가 있을 것 같았다.

"……."

"야, 없어?!"

"……."

문 앞에는 가으하네가 서있었다. 문을 열어줘야만 할 것 같았는데 가으하네는 문을 여는 법을 배우지 못했다. 가으하네가 살았던 환경에서는 이러한 문이 없었다.

몇 번 하루가 여는 것을 보았지만 잘 생각나지가 않았다.

'문을 부셔야 하나?'

가으하네는 곧 고개를 도리질 했다. 하루의 잔소리들이 생각났다. 뭘 만지지 말라고, 음식을 할 생각도 하지 말라고 말이다.

집에서 뭔가 부셔지는 것을 극도로 싫어하는 하루의 모습을 볼 수가 없었다.

"저기, 여는 방법을……."

"이하루, 이 바보 녀석 어디 간 거야."

가으하네가 뭐라 말을 전달하고 싶었지만 다시 들려오는 유정의 목소리에 가만히 있었다.

"왜 또 나타나가지고 힘들게 만들어, 고백도 못하게… 계속 유명해지기나 하고. 집 앞에서 팬들도 몇 명 봤단 말이야. 예쁘고… 그런 언니들도 있는데, 나는… 나는… 너 좋아한단 말이야."

츠르륵.

밖에서 유정이 문에 기대서 쪼그려 앉는 소리가 들려왔다.

약간씩 훌쩍이는 소리와 하루의 이름을 계속해서 작은 목소리로 불렀다.

'좋아한다. 좋아한다라… 좋은 감정이군.'

가으하네는 문 앞에 서서 우두커니 뒤를 지키고 있었다.

한 편, 하루는 조준호의 말에 인상을 구기고 있었다. 로벨리아는 뭐고, ∀에 대해서 알려주겠다니 말이다.

조준호의 말에 뭐라 묻지 않고 더 말해보라는 표정으로 하루는 조준호를 쳐다봤다.

"그렇게 쳐다보실 것 없습니다. 알려드리기 전에 한 가지, 물어볼게 있습니다."

"뭐지?"

"확실히 턴에이에… 대해서 악감정을 가지고 있으신 건가요."

하루는 대답 대신 고개를 간단히 끄덕거렸다.

"저희는 로벨리아, 반정부 단체입니다. 아직 그렇다할 힘은 없지만 말이죠."

"반정부 단체라 하는 건 뭘 의미하는 거지? 턴에이와 무슨 상관이……."

하루는 조준호의 말에 인상을 더욱 구겼다.

지금 들은 말을 합치면 로벨리아는 반정부 단체, 턴에이에 대한 악감정, 고로 턴에이는 정부라는 말이었다.

"맞습니다. 턴에이, 정부라는 우리나라 정상에 있는 지도층이죠. 안타깝게도."

"나보고 그걸 어찌 믿으라는 거지? 우리나라정부가 그런 짓을 할 리가 없지 않나? 턴에이는 살인도 저지르는 단체다. 납치와 협박은 물론 더 뭐가 있을지도 모르는 단체지."

조준호는 역시나 하고 서류가 담긴 봉투를 꺼내서 하루에게 넘겼다.

"아선… 이라고 했나요. 그 사람과 함께 턴에이와 경찰들이 같이 있는 것을 본적이 있지 않으신가요. 그 때, 턴에이는 이하루 씨가 간 뒤에 경찰들에게 무엇 하나를 보여줍니다. 그리곤 그냥 턴에이를 돌려보내죠. 그게 바로 턴에이가 정부기관 중 하나라는 증거입니다."

'…이게… 증거, 턴에이가 정부…….'

하루는 서류 봉투를 만지작거렸다. 안에는 CD 같은 것도 들어 있는 듯한 느낌도 들었다.

이젠 앞에 있는 이 남자에 대한 오해는 풀렸지만 아직 경계를 푼 것은 아니었다.

사람이라는 존재가 아무런 대가 없이 이런 것을 알려줄 리가 없었기 때문이다.

"나한테 이 사실을 알려주는 이유가 뭐지?"

"로벨리아에 들어와 주시길 바랍니다. 저희는 이하루,

유일한 이 세상의 마법사가 필요합니다."

"뭐, 청와대라도 가서 공격을 하라고 시킬 생각인가? 아니, 그럴 생각이 있긴 하지만 아직 확실한 증거나 단서가 없다. 턴에이, 꼭 죽여야 하는 놈들이지만 죄 없는 사람들을 죽일 수는 없어."

"저희도 마찬가지입니다. 제 동료들… 문제도 해결해야 하고. 확실한 정체도 밝혀야 합니다. 로벨리아에 들어오신다 해도 특별히 할 일은 없습니다. 아니, 들어오시지 않으셔도 됩니다. 저희와 같은 생각을 가지고 있다는 것만으로도 충분하니까요. 이하루 씨는 정부를 믿지 않으며, 나름 정보들을 알아낼 것이니까요."

하루가 소파에 몸을 기댔다가 일어섰다.

그렇다면 얘기는 끝났다.

"그 정보들을 넘기라는 거군."

"그렇죠. 제 번호입니다."

조준호도 하루와 같이 일어서서 품속에 있던 메모지를 건넸다.

서류까지 잘 챙겨서 인벤토리에 넣은 하루는 카페 문을 열고 나갔다.

문 밖은 많은 사람들이 호기심어린 표정으로 몰려 있었다.

카페 주변은 ∀망토를 입고 왔지만 지금은 벗어둔 로벨

리아 소속 사람들이 지키고 있었다.

속닥거리며 하루를 쳐다보는 것은 여전했다. 하루는 블링크를 써서 이 자리를 벗어났다.

"후. 피곤해."

별로 한 것도 없었다.

그저 씨앗만 사기 위해 온 것뿐인데 어깨가 결리고 온 몸에 힘이 쫙 빠지는 기분이었다.

하루는 재빨리 집으로 돌아왔다.

역시 제일 마음 편히 있을 수 있는 곳은 집뿐이었다.

"채령과 말랑이는… 아직 이겠지."

걱정을 하며 집 앞에 도착을 했다.

현관문 앞에 누군가 쪼그려 앉아 있는 것이 보였다. 익숙한 모습, 하루는 고개를 푹 숙이고 있는 사람에게 다가갔다.

"누구… 유정…이?"

"어, 어!! 하루야."

"여기서 뭐해?"

별로 좋지 않은 모습으로 하루를 보게 됐다.

울기까지 해서 눈도 퉁퉁 부었을 텐데 하루 얼굴을 보고는 싶었다.

꼬르륵.

타이밍 좋게 배에서 알람음이 들려왔다.

"배, 배고파서. 같이 밥 먹으려고!"

"뭐, 뭐야. 밥 먹으려고 나 기다린 거야?"

하루는 적잖게 당황했다.

사실 지금 기분이 그렇게 좋지는 않다. 씨앗을 어디서 어떻게 사용할까 생각도 해야 했고 CCTV화면도 확인을 해봐야 했다.

유정은 하루의 팔을 잡고 밖으로 밀었다.

"빨리~ 나 배고프다고. 혼자서 뭐 맛있는 거 먹고 온 건 아니겠지!"

"아니, 그건 아니… 그만 밀어! 갈 테니깐! 뭐 먹어?"

아침부터 지금까지 사실 먹은 게 없었다.

카페에서 잠깐 커피 한 잔 정도가 하루의 식사 끝이었다.

배를 만져 본 하루는 공허함에 유정의 손에 이끌려 가까운 분식집으로 향했다.

"자주 오던 곳이네. 여기 가게를 늘린 건가? 전보다 커진 느낌인데."

"잘됐잖아. 그동안 할머니가 모아두셨겠지."

'빨간 떡볶으리'라는 이 가게는 하루와 유정이 친구들과 자주 오던 집이었다.

싸고 양도 많고 맛까지 좋은 3박자를 갖춘 곳이었다. 겨우 1년 정도 지났을 뿐인데 감회가 새로웠다.

"우리 졸업식 할 때도 여기 모여서 먹지 않았었냐."

"훗~ 기억은 하고 있네? 할~머니~ 떡볶으리! 3인분 주세요!"

"3인분이나?"

"나, 나 많이 먹을 거거든!"

유정은 버럭 소리치고는 물을 다급히 마셨다.

머리가 하애지는 것 같다.

무슨 말을 해야 할 지 생각이 나질 않았다.

"큽!"

"왜 그러냐?"

"켁, 켁. 갑자기 사레가… 켁."

물을 급하게 마시다 보니 기도 쪽에 물이 들어가서 기침을 해댔다.

하루는 웃으며 물었고, 유정의 얼굴은 점점 붉어지고 있었다.

전에 방귀까지 튼 사이였는데 이런 모습 따위로 부끄러워하다니 말이다.

"켁. 그것보다… 오늘 어딜 갔다 온거야? 그리고 게소 사라나! 그 위험한데는 뭣 하러 가서!"

"잔소리 하지마라… 많이 죽었잖아. 그 한 놈 때문에."

하루가 터덜터덜 말했다.

중간에 하루가 게소 사라나에게 가서 죽이지 않았다면 더 많은 인명 피해가 발생했을 것이다.

나름 좋은 일을 한 것 같아 기쁘기도 했다.

나중에 엄마가 깨어나면 자랑할 일이 생겼으니 말이다.
그러나 하루는 아직 모르는 게 있었다.
도망치던 사람들 중에선 살아남은 사람들이 거의 없었다.
서울 주변에 바리게이트를 치고 통제를 한 것이, 밖에는 알려지지 않았고 사람들은 이 사실에 의문을 가지고 정부를 의심하고 있었다.
"저희는 최선을 다했습니다."
이 한 문장, 죄송하다는 말도 없었고 모든 걸 묵인하고 있었다. 단지 노란색 리본을 달아 영혼을 위로하는 행동만 할 뿐이었다.
"많이 먹어, 오랜만에 왔네. 그치? 요놈들."
빨간 떡볶으리 사장인 70세가 넘어 보이는 할머니가 직접 접시를 들고 오셨다.
하루는 먼저 접시를 받고 고맙다, 인사를 했다.
그리고 자연스럽게 접시로 향하는 시선, 새빨갛고 매콤한 냄새가 천장까지 올라가는 이 집 특유의 떡볶이는 먹음직스러웠다.
"와… 대박. 양 봐."
"네가 이렇게 시켰으니 다 먹어야한다. 알겠냐?"
유정이 침을 꼴딱 꼴딱 삼켰다.
배에서 어서 밥 달라고 아우성이었다.
그렇지만 앞에 있는 하루가 신경이 쓰였다.

원래 복스럽게 많이 먹는 유정이었고 친구들과 있을 때도 그랬었다.

하루는 매워서 입을 쩍쩍 열어가며 잘도 먹고 있었다.

"왜 안 먹어?"

"머, 먹을 거다."

하루가 묻자 유정이 떡볶이를 깨작깨작 먹었다.

뭔가 이상함을 느낀 하루가 다시 물었다.

"뭐하ㄴ… 착복!"

차—앙!

뭔가 뒤에서 그림자가 느껴졌다.

위험을 감지하고 바로 갑옷을 장착, 무언가 하루를 공격했다.

일단 상대 확인은 하지 않고 유정을 안전한 곳으로 대피시키려 했다.

"김유정! 피해, 일어나!"

유정의 다리가 잘 움직이지 않았다.

너무 갑작스러운 상황이었다. 하루를 롱소드로 찌르려는 사람이 바로 정면에서 보였기 때문이다.

평범한 옷차림에 딸 장난감이나 사줄만한 인상인데, 무표정한 얼굴로 하루에게 갑자기 롱소드를 찔러 넣었다.

"칫. 컨트롤!"

움직이지 않자 유정에게 마나를 씌워서 들어 올려버렸

다. 그리고 뒤를 돌아 자신을 공격한 사람을 쳐다봤다.

잠시 눈을 마주하더니 다시 롱소드를 들어 올렸다 또 공격을 하려는 것이었다.

하루는 정말 죽을 것 같아서 손을 휘저어 바람으로 칼을 날려 보내고 시져 니들을 시전 했다.

축 늘어지는 하루를 공격한 남성, 일단 하루는 유정부터 챙겼다.

"괜찮아? 유정아?"

"아… 하루, 넌. 넌 괜찮아?!"

점점 목소리가 커지더니 그제야 몸이 움직이는 듯 유정도 하루를 챙겼다.

멀쩡해 보이는 모습을 보고 참 다행이다 생각했다.

분식집은 완전 아수라장이었다.

웬 칼 든 놈이 먹고 있는데 설쳐대질 않나, 강풍이 불어서 의자가 들썩이질 않나, 갑옷을 입은 하루까지 발견해서 더욱 사람들은 놀랐다.

"뭐야, 이 사람… 난 모르는데… 왜."

"하…루야. 밖에……."

유정이 두려운 듯한 목소리로 바깥을 가리켰다.

열 명 정도, 전부 하루를 노려보고 있었고 도끼와 몽둥이, 좀 전 남자와 같이 롱소드를 든 사람도 있었다.

'좀비는 아닌데…….'

"뭡니까! 대체!"

모두 무표정한 얼굴, 그들은 하루를 공격하기 위해 작은 분식집 문을 넘어서 달렸다.

"이하루. 꼭 죽이고 만다. 후……."

분식집이 잘 보이는 곳 옥상에는 라베가 있었다. 목발을 짚고 약간 페인처럼 보이는 듯한 모습이 고생을 꽤 한 듯 보였다.

"그래. 이 정도로 죽으면 안 되지. 밤낮으로 고생을 좀 해 봐야 세상 무서운 줄 알지. 피 말려 죽이겠다!"

이렇게 된 건 다 '이하루 때문이다'라고 항시, 매 분 매 초를 지냈다.

정신 지배를 해서 하루에게 사람을 보낸 건 라베였다. 그의 옆엔 보좌하고 있는 사람과 마을 몇몇 곳에서 정신 지배를 한 사람들이 있었다.

"끝까지 간다. 이하루."

어르서퍼는 고개를 갸웃거리며 채령을 쳐다봤다.

다른 웨어울프도 마찬가지였다.

"어떻게… 알고 있는 거지? 칸드라를."

"그건, 제 주인님이 찾고 있는 웨어울프이기 때문이에요."

"찾고 있어? 칸드라를… 어째서?"
"주인님이 알고계세요. 저는 찾고 있다는 것만……."
어르서퍼는 가만히 있다가 가자고 말을 했다.
먼저 걸어서 보금자리였던 곳을 벗어나는 어르서퍼의 옆으로 채령이 재빨리 따라 붙었다.
"혹시 어디 있는지는……."
"모른다. 알았으면 벌써 죽이고도 남았지. 같은 종족을 공격한 놈이니……."
"칸드라를 알고 있겠죠. 다른 웨어울프들도?"
"아니. 아마 잊혀진지 오래겠지. 따돌림을… 당하던 놈이었으니까."
채령은 그저 말없이 끄덕였다.
더 이상 물어봤자 나올 건 없어보였다.
말을 나누다 보니 어느새 마을로 돌아왔다.
지금은 파괴된 보금자리에서의 기억은 잊고 밝게 지내는 것 같았다.
"전부… 모이라 하지."
채령은 마을로 같이 들어선 웨어울프에게 말했다.
그리곤 전부 퍼지더니 한 사람 한 사람에게 말을 건냈다.
보금자리에서의 일을 얘기하려고 그러나보다 생각했다.
뭐라고 간섭할 수는 없었지만 채령은 걱정이 됐다.
밝게 살고 있는데 아픈 상처를 얘기해야 한다니 말이다.

혹시 마을 안의 밝은 기운을 잃어버리진 않을까 했다.

시간이 좀 지나고 어르서퍼의 옆 공터 쪽에 있는 돌 의자 앞에 마을 안의 부족원 전체가 모였다.

어르서퍼도 돌 의자에 앉았다.

그리고는 부족원들을 보며 목을 가다듬었다.

채령과 말랑이는 어르서퍼가 앉아 있는 의자 옆쪽 조금 떨어진 곳에서 지켜봤다.

“오늘 우리들의 보금자리에 갔다 왔다. 그곳엔 우리 종족의 영혼들이 있었고, 아파하는 모습도 있었다. 그 웨어울프의 저주 때문인지도 모른다. 어떤 힘, 그것 때문에 우리 종족의 영혼이 울고 있었다.”

사자후라도 쓰듯 어르서퍼의 목소리는 넓게 퍼지고 카리스마가 느껴졌다.

변신을 하지 않은 저 작은 채구에서 말이다.

어르서퍼는 잠시 숨을 고르더니 다시 입을 열었다.

“그 때문에 우린 그 웨어울프, 이름은 칸드라. 그를 잡은 뒤 죽인다. 지금부터 침입 경계를 하고 전투 훈련에 들어간다.”

조용히 듣는 부족원들의 모습에 말랑이가 채령을 살짝 건드렸다.

“우린 이대로 가는 건가. 주인님에게로.”

“아니, 여기 있어야지. 훈련… 나도 해야겠어.”

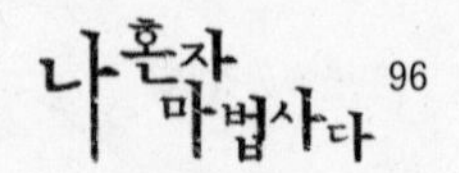

어르서퍼의 말이 끝난 것 같아 채령이, 어르서퍼의 옆으로 달려갔다. 부족원들은 다들 뭐지? 하는 표정으로 쳐다봤다.

"저도 훈련하겠습니다! 공짜로는 안 되니, 뭐든 시켜주세요!"

"나도 뭐든 한다. 훈련!"

말랑이도 옆으로 와서 두 발로 서서 부족원과 어르서퍼를 번갈아보며 말했다. 그에 모든 웨어울프들이 인상을 찌푸리는 것을 느낄 수 있었다.

'…역시, 안…되나?'

하루는 매직미러를 시전한 채 식은땀을 흘리고 있었다. 텅—텅—텅—사람들의 무기들이 매직미러를 강타했다.

이러지도 저러지도 못하고 있는 하루였는데 이러는 이유는 사람을 죽일 수 있다는 것 때문이었다.

좀 전에 시져 니들로 처리한 사람은 실수였다.

공포감과 순간적인 행동으로 생긴 사고, 죽었는지 죽지 않았는지는 몰랐다.

"어떻…게 해야 되지, 유정아."

"어떻게 하긴! 모두 날려버려! 저 사람들 다 너 죽이려 드는거잖아. 가만히 있다간… 위험하다고."

주변에선 소리 지르는 소리가 들려왔다.

그렇지만, 하루를 공격하려는 라베가 정신 지배를 한사람들은, 다른 사람은 쳐다보지도 않았다.

관심조차 없었다.

하루는 유정의 말에 고개를 끄덕였다.

이건 어디까지나 자기 보호였다.

여기 소리를 지르고 도망치는 사람들이 바로 그 증인들이었다.

"컨트롤—"

매직미러 사이로 하루가 마나를 컨트롤해서 뽑아냈다.

하루를 공격하려는 사람들이 무기로 하루의 마나를 쳐내려 했지만 그들의 힘으로는 어림도 없었다.

촉수처럼 뻗어나가며 강하게 쳐냈다.

하나둘 쓰러지는 사람들, 하루는 혹시나 하는 마음에 등뒤에 있는 벽에 파이어—버스터를 날렸다.

할머니에겐 죄송했지만 이렇게 하는 수밖에 없었다.

부서진 가게 벽면으로 유정을 밀어서 나가게 한 뒤, 엎어진 사람들을 뒤로 하고 매직미러를 하나 생성한 뒤 하루도 유정을 따라 나갔다.

다행히도 밖으로 나오자 하루를 공격하려는 사람은 없었다.

밥 먹다가 이게 무슨 봉변인가, 자신 때문에 공격을 받을 뻔한 유정에게 미안했다.

"괜찮아?"

"어… 응……."

"다행이다. 나 때문에 다칠 뻔 했네."

혹시 긁힌 곳은 없나 유정을 걱정했다.

사실 유정은 어디가 어떻게 아픈지도 몰랐다.

하루가 너무나 방어를 잘해줘서가 첫째 이유였고, 자신을 지키는 하루의 모습에, 또 한 번 빠져든 게 두 번째 이유였다.

"가자. 집에 가야겠다. 가서 쉬어. 나랑 같이 있다가 또 그 사람들이 오면 안 되니까."

"응… 그래."

유정은 아쉬워했다. 떡볶이를 먹을 때만 해도 분위기가 좋았는데 말이다.

둘은 헤어지고 하루는 곧바로 집으로 향했다.

집으로 돌아가는 순간에도 경계를 하긴 했지만 공격을 해오는 사람은 없었다.

'왜 공격을 하는 거지? 원한이 있다면 뭐라 말을 하면서라도 공격을 했을 텐데, 그것도 아니고…….'

"왔나."

"어, 뭔 일 없었지?"

집에 돌아오니 가으하네가 반겼다. 현관문 앞에서 오기라도 기다렸는지 서있었다.

하루의 말에 가으하네는 고개를 끄덕였다.

유정의 얘기를 하고 싶었지만 그것은 자신에게 전해달라는 말이 아니었다.

그녀가 전해야 할 말이었다.

'이상해, 이상…….'

하루는 씻고 나서 바로 누웠다.

모든 건 내일로 미루면서 말이다. 눈꺼풀이 무거워지며 하루는 잠에 빠져들었다.

가으하네만이 거실에 우두커니 서있었다. 입이 근질거렸지만 기사 정신으로 참아냈다.

그리고 창문으로 조용히 들어오는 자들을 보고 조용히 썰었다.

"약한 자들이군."

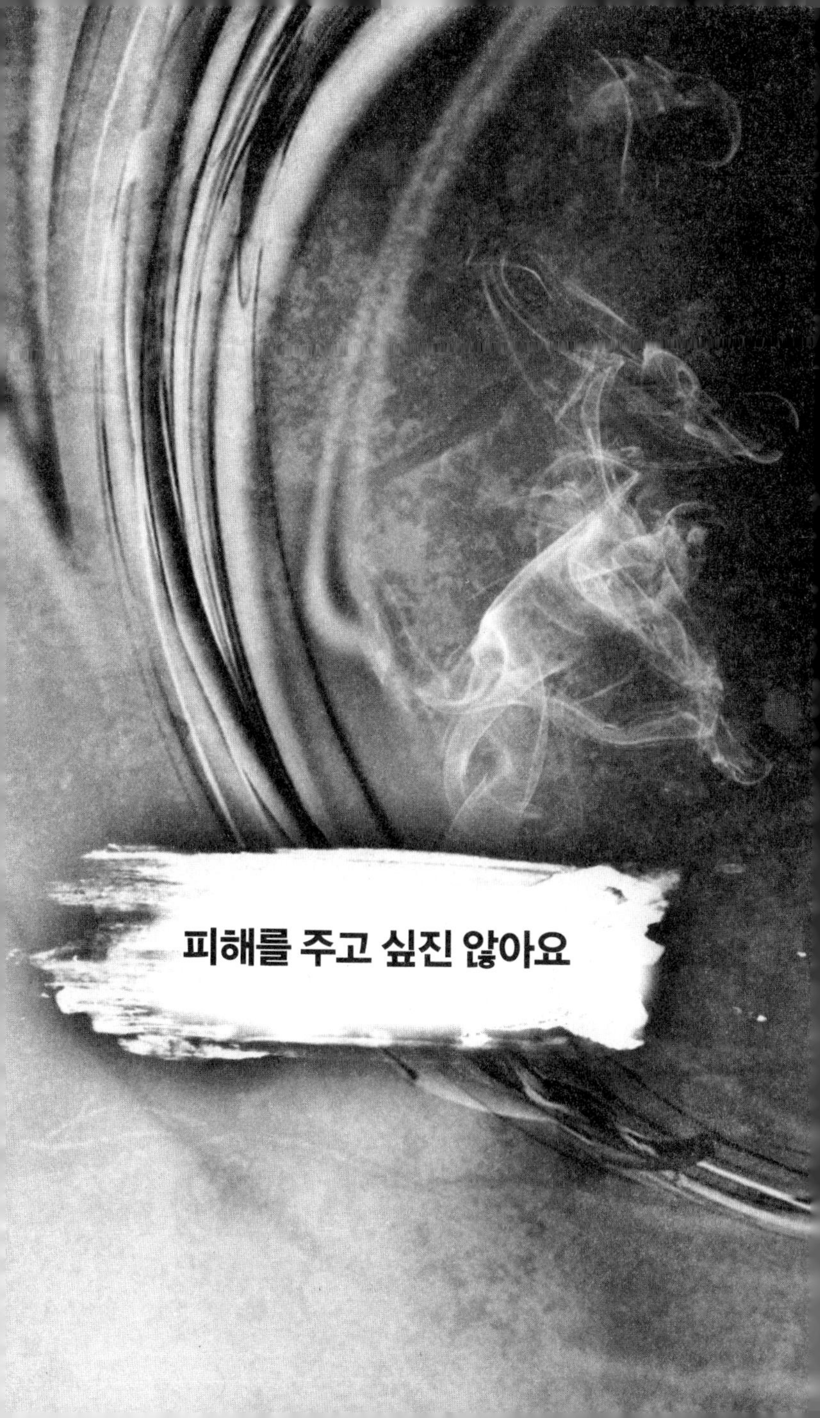
피해를 주고 싶진 않아요

에벰은 차원의 틈새에서 라헤르를 불렀다.

그것도 아주 심각한 표정으로 말이다.

라헤르도 이렇게 부를 것이라는 것을 눈치 채고 있었다. 지구에서 느껴진 강렬한 어둠, 메르헨 사람의 기운이 느껴졌기 때문이었다.

"이게 어떻게 된 거지, 라헤르? 저런 존재까지… 넘어왔던 것인가?"

"아무래도 몇몇의 메르헨 인이 넘어간 것 같네. 힘은 많이 약해졌지만… 여전히 지구인들에게는 위험한 존재들이지."

"더 있다는 말인가?"

불안한 목소리로 묻는 에벰이었다.

"느껴보면 알겠지만, 몸을 숨기고 있다. 약해진 자신을 아는 것이겠지."

"아직 준비가 된 게 아니야. 자네의 그 급한 성격이 이런 일을 만들었네."

"에벰, 메르헨의 상태가 지구와 약간의 싱크로 인해 좋아지는 것을 확인했다. 그리고… 막을 수 있는 자들이 생기고 있지 않은가. 게소 사라나, 그 자도 막았고 말이야."

라헤르는, 에벰을 설득하는 쪽으로 말했다.

다른 차원, 메르헨의 생명체들이 지구로 조금 넘어가면서 상태가 좋아지는 것을 느꼈다.

그 도중에 게소 사라나와 같은 강한 힘을 지닌 자가 몇몇 지구로 넘어왔다.

어서 빨리 더 많은 생명체를 넘기고 싶은 라헤르였다.

"막을 수 있는 자들이 생기긴 했지. 정말 신기한 인간들이야. 이런 환경에서도 그렇게 발전하다니 말이야. 하지만, 아직 그들만으로는 메르헨 생명체를 막기엔 역부족이네."

"한국이라는 곳에서 특이한 능력을 지닌 자들은 많이 나타나고 있는가."

"특이한 능력이라… 한국은 그런 곳이 아닐세."

"그럼, 어떤 곳이란 말인가? 제일 눈여겨보고 있지 않은가. 그곳을 말이야."

라헤르의 말에 에벰은 살며시 입꼬리를 올리며 말했다.

"노가다… 라고 아는가? 한국은 그런 곳이야. 잠을 자지도 않지, 위로 올라가기 위해선 말이야."

에벰은 지구의 모습을 비췄다. 지금 시간은 새벽 4시경이었다.

보통이라면 모두 자고 안개만이 짙게 깔려서 앞이 보이지 않는 그런 시간이었다.

그러나 한국의 모습은 달랐다.

환하게 빛나고 있는 건물들과 검과 화살, 단검 등 각자의 무기를 들고 돌아다니며 메르헨에서 넘어온 생명체들을 죽이고 있는 사람들의 모습이 보였다.

"제일 눈이 가는 건… 이자."

에벰은 누워서 자고 있는 남성을 바라봤다. 라헤르도 보더니 놀라움을 감추지 못했다.

남성의 주변에 퍼져있는 푸른색 빛들은 그가 마법사라는 것을 증명하고 있는 것이었다.

"유일한 이 세상의 마법사지."

"아직… 제대로 힘을 쓰진 못하나 보군."

"그렇지, 그러나… 곧… 메르헨의 생명체를 막을 수 있겠지. 자연의 힘으로."

조준호, 그는 회색 돌로 울퉁불퉁 튀어 나온, 한 눈에 봐도 위험한 절벽을 기어오르고 있었다.

발을 헛디디면 그대로 세상을 하직하고 저 세상에서의 삶을 시작해야만 했다.

홀로 왜 절벽을 기어오르고 있나 하면 힘 때문이었다. 조준호만이 아니라 로벨리아 전체가 능력을 더 키우기 위해서 전전긍긍했다.

"크윽… 보, 보인다!"

마치 장님이 눈을 뜬 듯 큰 소리로 외쳤다. 메아리로 절벽과 절벽을 부딪쳐 조준호의 목소리가 울렸다.

조준호가 보고 있는 것은 나뭇가지로 겹겹이 쌓아 만든 집이었다.

새 집, 이곳에 특별한 것이 있을 것만 같았다. 궁수에 관한 글을 읽다가 발견을 한 것이었다.

궁수하면 치명타, 명중률이 생명이었다. 그리고 흔히 게임에서 궁수들을 따라다니는 것은 새였다.

한국에서는 잘 보기 힘든 매였지만 살아 있는 곳도 있었다. 바로 이 가파르고 힘겨운 절벽에 말이다.

'분명 스킬이 생길 것이다. 호크아이!'

궁수들의 필수 스킬이며 필살기 스킬이라고도 불리는 호크아이, 그러나 지금 게임화가 된 현실에서는 얻기가 하늘의 별따기였다.

혹시 돈 많은 부자들은 매를 그냥 사면되니까 별 문제 없었다.

그냥 레이드해서 매 하나 사면되지 않냐 묻기도 하지만 매의 가격이 웬만한 집 한 채 값 가까이 떠올랐다.

투. 투두욱.

조준호의 온 몸에 소름이 돋았다. 발밑으로 떨어지는 돌조각은 더욱 조각이 되고 가루가 되며 사라지고 있었다.

한 마디로 공중분해, 고지가 얼마 남지 않았으니 더욱 긴장을 하고 조심해야 했다.

—지속된 행동으로 인해 힘이 1 증가합니다.

손이 떨려오고 포기할까 생각도 들었다. 그러나 이런 알림음 하나하나가 뒤를 받쳐줬다. 힘이 났다.

어쨋든 매를 잡던 잡지 못하던 득이 되지 결코 실이 되진 않았다.

물론, 살았을 때의 경우이지만 말이다.

"크으윽! 없…나?"

커다란 매의 둥지, 알이든 새끼든 잡을 수 있다면 잡아야 했다. 다만 새끼들의 주인인 거대한 매가 온다면 절벽에서 싸워야 한다.

그냥 죽는다고 보면 됐다.

간신히 올라온 절벽, 매의 둥지 바로 아래 위치한 조준호는 두리번, 두리번거렸다. 다행히 어떤 소리도 들리지 않았다.

조준호는 낑낑거리며 둥지 안쪽으로 팔을 올리고, 드디어 매를 얻을 수 있다는 생각에 웃음을 지으려 했지만 눈을 마주친 순간, 올라올 때 흘린 땀과 두려움에 흘린 땀이 범벅이 되어 흘렀다.

"끼이익……."

호크아이, 말 그대로 매의 눈과 마주쳤다. 날카롭고 매서운 그 눈과 말이다. 그러나 매는 움직일 수가 없는 듯 보였다. 주변에는 매의 알로 보이는 것들이 5개쯤 흩어져 있었고 이 알들을 낳은 듯한 부모 매는 엎어져 있었다.

'다친 건가?'

조준호는 급히 도망을 시도하려 했다. 힘겹게 올라왔지만 매가 목숨보다 소중하지는 않았다.

그러나 매가 미동도 없자 조준호는 가까이 다가갔다.

다리 부근에서 보라색 빛이 올라왔다. 조준호는 매의 다리 쪽을 보고는 보라색 빛의 정체가 뭔지 알 수 있었다.

"뭐야. 여기 독이… 뱀인가? 뱀도 살아?"

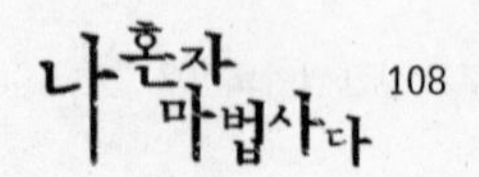

이곳에 뱀이 사나 싶었다. 다른 곳에서 물리고 집안 둥지로 돌아와서 이렇게 쓰러져 있을 수도 있었다.

조준호는 한 번 두리번거리고 인벤토리에서 약초를 꺼냈다. 숲속을 다니면서 하나하나 캐던 것들이었다.

해독 약초는 하나에 2만 원 정도였다. 그리고 체력을 몇 초에 걸쳐 채워주는 약초는 5만 원 정도로 비쌌다.

일단 체력초를 매의 입에 쑤셔 넣고 해독초는 나뭇가지 하나를 뽑아, 손바닥 위에서 즙으로 만들었다.

그리고 뱀의 이빨에 물린 상처 부위에 펼쳐서 발랐다.

"하, 비싼 거다. 꼭 갚아라. 아니, 알을 하나……."

조준호의 말에 매가 체력초를 씹으며 째려봤다. 그에 조준호는 뻗었던 손을 스윽 다시 집어넣고는 둥지에 툭 앉았다.

매는 이제 조준호에 대함 경계심이 많이 사라진 듯 보였다. 통증도 많이 사라져서 편안한 모습으로 누웠다. 그제야 알림음이 들려왔다.

—뱀에게 물린 매에게 선행을 베풀었습니다. 친밀도가 대량 상승합니다.

"허. 친밀도…? 네가 내 펫이 될라고?"

매는 미동이 없었다. 배만 불룩함과 줄어듬을 반복하면

서 숨만 고를 뿐이었다. 그걸 본 조준호는 옆에 같이 누웠다.

절벽을 올라오는 동안 피로가 장난 아니었다.

바람도 선선하니 저절로 눈이 감겼다.

채령은 웨어울프와 피 터지는 전투를 하고 있었다. 날카로운 발톱이 아슬아슬하게 채령의 목덜미를 지나갔다.

그와 동시에 채령은 뒤로 텀블링을 하며 손에 쥐고 있던 채찍을 휘둘렀다.

흐물흐물 거리며 펴지는 것이 아니라 칼처럼 빠르고 날카로웠다.

훨씬 더 광범위한 채찍의 공격 거리에 웨어울프는 연달아 뒤로 물러설 수밖에 없었다.

“흩날려라—”

채령의 말에 채찍의 파편들이 날아가서 웨어울프에게 박혔다.

잠시 스턴 상태가 된 웨어울프에게, 조금 더 빠르게 다가가 채찍을 다시 한 번 날렸다.

웨어울프의 목을 휘감는 채찍, 그 순간 웨어울프는 스턴 상태에서 풀리고 채찍을 붙잡았다. 목을 조이지 않기 위한 행동이었다.
그리고 채령의 채찍을 엄청난 힘으로 확 끌어당겼다.
"으읏."
채령이 놀랐지만 채찍을 놓지는 않았다. 웨어울프의 힘에 공중으로 날아오른 채령은 곧바로 웨어울프에게로 끌렸다.
목을 조르고 있던 채찍에서 어느 정도 힘이 풀리자, 웨어울프는 '끝이다' 생각을 하며 자신에게 날아오는 채령에게 날카로운 할퀴기를 준비했다.
그러나 채령도 가만히 있던 것만은 아니었다.
"회수. 착검!"
웨어울프에게 박혀있던 파편들이 채찍으로 회수되고, 채령의 손엔 어느새 조잡한 단검 하나가 들려 있었다.
파편들이 빠져나가는 고통에 움츠러드는 순간 웨어울프의 바로 앞에 채령이 다가왔고 채령은 자신도 모르게 방어를 하기 위해 올라간 웨어울프의 팔을 세 번이나 빠르게 그었다.
그리고 머리를 잡고 머리 뒤에 안착, 웨어울프의 목엔 채령의 단검이 살과 가까이 닿았다.
"하, 항복."
"후… 와. 이… 이겼다."
웨어울프의 말에 채령은 목에 대거 있던 단검을 치우고

서 바닥에 내려앉았다.

겨우겨우 이기게 된 것이었다. 그동안 얼마나 많은 대련을 했는가, 전투 훈련을 하는 웨어울프들을 아가기 위해서 이 악물고 독기로 버텼다.

배에는 11자 복근이 확실히 박혔다.

"내가 지다니. 방심만 안했다면 인간쯤은……."

"조용히 하지? 패자는 말이 없다! 매일 나한테 했던 말 같은데?"

채령이 거친 숨을 내뱉으며 대련에서의 승리 때문에 웃고 떠드는 동안 말랑이는 아직 힘든 훈련을 계속 하고 있었다.

"더, 더 숨을 깊게. 폐 깊숙한 곳으로 들이켜라. 우리 같은 짐승 특유의 본능을 끌어올려라. 전부터 계속 말을 했지만 넌 혼자 성장해왔다. 그때 그 기억들을 끄집어내라."

말랑이는 두 발로 서서 삐질삐질 땀을 흘리고 있었다. 무거운 것을 들고 있다거나 움직이는 어떤 행동을 하고 있는 건 아니었다.

교육은 어르서퍼가 직접 하고 있었다.

전해주려는 기술은 바로 어르서퍼의 거대화 스킬이었다.

크, 크르으…….

말랑이는 안간힘을 쓰고 있었다. 정신이 혼미했다.

숨을 끝까지 내려두었다가 다시 들이키는 것만으로도 고역이었다.

말랑이도 채령과 마찬가지로 웨어울프들의 훈련들을 따라했다. 조금 더 하드해진 훈련이었다.

그 덕분에 근육도 엄청나게 붙고 새로운 스킬들도 생겼다.

말랑이는 어르서퍼의 말에 신경을 쓰면서 체내의 기운들에게도 촉각을 세웠다.

"거대화는 작은 내 체구에서 나오는 힘이다. 죽음의 문턱에서 드디어 얻은 그런 힘이지. 그건 너도 마찬가지 일거다!"

어르서퍼는 눈을 감고 있던 말랑이에게 주먹을 휘둘렀다. 갑작스러운 공격에 말랑이는 뒤로 날아가 버렸다.

제 정신이 아니었다. 이미 체력이 거의 소진 되어 있었다.

눈을 뜨니 다시 달려오고 있는 어르서퍼가 보였다.

한 눈에 봐도 힘든 모습인데 설마 공격하겠냐, 말랑이가 생각을 할 때 어르서퍼의 목소리가 들려왔다.

"채령을 지키기엔 부족하다. 넌!! 차라리 죽어라!"

두근.

살기가 느껴졌다. 진심으로 달려오고 있는 것이다.

그것도 손톱을 길게 뺀 채 말이다.

또 다시 죽는다는 건 싫었다. 하루가 주인이 되기 전에 방황하고 버려졌었던 기억이 파노라마처럼 지나갔다.

그리고 한 번의 죽음, 다행히 이상한 힘에 살아남았지만 그때부터 주인의 무시가 시작됐다.

다시 버려지는 건가, 다시 혼자가 되는 것인가.

"그건 싫다. 크아아아아!!"

말랑이는 어르서퍼에게 이마를 박기 위해 달렸다.

어르서퍼는 손톱으로 공격을 하려다가 방금 전 공격과 똑같이 주먹을 날렸다.

그리곤 뒤로 츠륵-하고 힘에서 밀렸다.

말랑이의 이마엔, 어르서퍼의 주먹이 닿아 있었다.

그러고 10초 정도 후에 어르서퍼가 먼저 입을 열었다.

"보기 좋아. 이젠 가도 될 것 같군."

"뭐가… 아."

말랑이는 바닥과 자신의 시선이 멀어졌다는 것을 느낄 수 있었다.

더불어 지금 상태가 무척 쌩쌩하고 상쾌하다는 기분이 들었다. 힘이 넘치고 빠르게 달릴 수 있을 것만 같았다.

"채령은… 어떻게 됐지?"

"오늘은… 이겼다고 합니다. 로드."

어르서퍼는 기분 좋게 웃었다.

채령도 좋은 결과를 가졌다니 안심이었다.

"좀… 불러와봐."

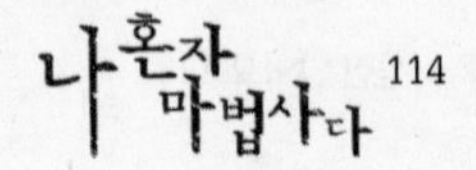

부하에게 말을 하고 어르서퍼는 땀 냄새를 없애기 위해 강가로 향했다.
잠시 후, 채령은 어르서퍼의 집 앞으로, 말랑이와 같이 왔다.
보고 싶었던, 채령이 오니 어르서퍼의 입가엔 웃음이 가득했다.
"이제 둘… 가도 될 것 같네. 충분히 강해졌어."
"여기도 익숙해졌다. 계속 있고 싶다, 그렇지만……."
"알아. 주인이라는 놈이 기다리고 있다 했지. 안내는 저기 저 꼬맹이가 할 거다. 이 숲을 나갈 수 있을 거다."
어르서퍼는 키가 작은 웨어울프를 손가락으로 가리켰다. 이제 정말로 헤어질 시간이었다.
"우리도 여러 방면으로 돌아다닐 것이다. 칸드라를 찾기 위해."
"다시 만날 수… 있겠죠?"
채령은 미소를 지으며 어르서퍼를 바라봤다.
그동안, 정말 고마운 마음뿐이었다.
가벼운 인사를 끝으로 채령과 말랑이는 어린 웨어울프의 뒤를 따라갔다.
같이 훈련을 한 웨어울프들이 그냥 쳐다보고만 있었다. 그리고 마을을 나간 뒤 소리가 들려왔다.
아우우우~ 우우~!

"여기, 오길 잘했었네. 죽을 뻔 했는데."

"이젠 간다. 집으로."

발걸음이 가벼웠다. 이제 곧 주인님을 만날 수 있다는 생각에 들떠 있었다.

며칠이 지났는지 기억도 나지 않았지만, 자신들을 기다리고만 있어준다면 더할 나위 없이 고마울 것 같았다.

하루는 이미 졸업한 학교의 운동장 한 가운데에 서 있었다. 주말이라서 학교에 나오는 학생은 없었다.

아니, 더 공부를 해야 한다며 나오라고는 했지만 모두 학원을 찾았다.

그것도 아니면 지금은 어디선가 레벨 업이나 스킬을 만든다고 뻘 짓을 하고 있을 것이었다.

"후… 이제 시작해 볼까나. 물도 충분히 챙겼고……."

하루는 씨앗을 손에 쥐고 있었다.

달빛 노가다 소설 상으로는 어마어마하게 자란다고 하는데, 그 사실을 알고 있는 하루는 만반의 준비를 마친 상태였다.

가으하네도 지반의 움직임에 대비해서 잘 준비를 했다.

"자, 이제 물 붓는다."

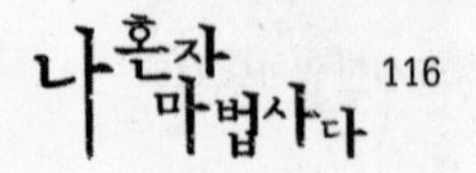

씨앗을 바닥에 묻어버리고 그 위에 떠온 수돗물을 투둑, 투둑 떨어트렸다. 그러나 반응은 없었다.

어정쩡한 자세로 있던 하루와 가으하네는 허리를 폈다.

"왜… 안 되는 거지?"

얼굴이 뜨거울 만큼 햇빛도 좋았고 습도도 적당했다. 뛰어놀기 딱 좋은 날씨였지만 씨앗은 자라지 않았다.

반응이 없는 탓에 어떻게 해야만 하는 가 고민을 하고 있던 중 핸드폰으로 전화가 걸려왔다.

모르는 번호였는데 목소리를 듣는 순간 누군지 모습이 생각나기는 했다.

"여보세요? 하루 씨, 저 하루 씨 집 앞인데. 헤헤."

"뭐라고요. 제 집을 어떻게 알고?!"

"이미 집 위치는 알 만한 사람은 다 알거든요. 검색만 탁탁 해도 다 안다던데."

은하빈, 카페 앞에서 번호를 하루의 번호를 따간 여자였다. 그건 그렇다 치고 연락도 없이 바로 집 앞까지 찾아오다니 혹시 스토커가 아닌 가 의심도 되고 이 사람이 어떤 사람인가, 위험한 사람은 아닌가 하는 생각도 들었다.

"아니, 그. 지금 저는… 하, 기다리세요. 갈게요."

하루는 일이 있다고 말하려 했지만 씨앗은 자라지도 않고 시간만 소비하는 중이었다.

한 숨을 한 번 내쉰 뒤, 묻어두었던 씨앗을 다시 회수해서 인벤토리에 넣었다.

가으하네를 믿고 하루는 집으로 돌아갔다.

요즘 들어 하루를 공격하는 사람들이 많아졌다.

아니, 갑자기 생겼다고 하나? 집에서도 이와 같은 일이 있었다.

하루가 일어나자 집안에서는 피 냄새가 진동을 했다. 거실에 있는 것은 수많은 시체들과 대검을 들고 있는 가으하네 뿐이었다.

"설마… 전부 날……?"

끄덕.

가으하네가 무조건 사람을 죽이거나 해치지는 않는다. 하루의 허락이 없다면 더더욱 말이다.

그렇다면 시체들은 전부 하루를 공격하고 죽이기 위해서 침입을 한 것이었다.

하루가 자는 동안 가으하네가 조용히 전부 쓱싹 한 것이고 말이다.

집 앞으로 오고 나서 은하빈을 찾았다.

쉽게 찾을 수가 있었다. 남자들의 시선이 한 곳에 몰려 있었기 때문이다.

"대체……."

'원래 여자들은 이렇게 답이 없나? 불쑥 찾아오고, 말 걸고…….'

은하빈이 손을 흔들며 달려왔다. 하루를 발견한 것이다. 그에 다른 남자들의 시선도 같이 쏠렸다.

루의 얼굴을 본 남자들은 주춤하며 흩어졌다.

마법사, 이하루를 알고 있던 것이었다.

요즘 들어 좋지 않은 소문들이 들렸기 때문이다.

"그가 사람들을 죽이고 다닌데."

"행동을 조심하지 않으면 불에 타 죽을 거야."

"떡볶이 집 살인사건도 그가 했다는데 경찰들은 잡을 생각도 안한다는데?"

"성격 파탄자에 괴팍하다는데, 여자를 밝힌다고 하더라고."

물론 하루 앞에서 그런 소리를 하진 않았다.

아직 인터넷에서만 떠돌고, 이슈가 되지는 않았지만 적어도 마을 내에서는 이러한 소문들이 퍼져나갔다.

하빈이 하루의 팔에 팔짱을 꼈다.

"데이트해요. 데이트."

"무슨… 아니, 저를 왜……."

물컹한 살결이 하루의 팔에 닿으니 얼굴이 붉어졌다. 또한 말도 제대로 나오지 않는 것도 있었다.

여자만 붙으면 뭔가 심적이든 신체적이든 약해지는 듯한 느낌이 들었다.

"제가 번호를 땄고, 그쪽은 줬으니까. 마음이 있는 것 아니에요? 일단 달달한 거 먹어요!"

하빈은 하루의 팔을 끌었다. 어쩔 수 없이 끌려가는 하루, 그 뒤에선 가으하네가 따라갔다.

뭔 일이라도 생기면 직접 처리를 하기 위해서였다.

보호의 목적도 있고 말이다.

도착한 곳은 하루가 즐겨 찾는 마을의 카페였다.

일단 얘기라도 해보기 위해서 커피를 계산하고 앉았다.

하루는 달콤한 걸 좋아해서 캬라멜 마끼아또를 쭉쭉 들이켰고, 하빈은 역시 도시의 여자처럼 아메리카노를 마셨다.

"뭐하고 지내요? 마법을 쓸 수 있으면… 좋겠다. 멀리 갈 필요도 없고 마법으로 쭉~ 쭉~"

"컨트롤로 할 수는 있지만 그리 좋은 게 아니라……."

"평소엔 뭐해요? 아, 사냥이나… 레이드 다니시나."

하루는 지금 이 상황이 익숙하지 않았다.

당연한 말일 수도 있다. 이렇게 여자라는 생물과 같이 있어본지가 없었기 때문이다.

원래 하루가 좀 생기긴 했지만, 그렇다할 매력은 딱히 없었다.

"네, 뭐."

"그래…? 말 놔도 되는데 자꾸 존댓말을 써, 내가 어색하잖아."

하빈은 하루가 귀엽다는 듯 쳐다봤다.

아무것도 모르는 듯한 저 순수한 눈망울과 부끄러워하는 모습까지 정말 탐나지 않을 수가 없었다.

딸랑—

카페의 문이 열렸다.

보이는 건 김유정의 모습이었다. 여긴 고등학생 때부터 자주 오던 곳, 지나가다 유정이 들려도 전혀 어색하지 않은 장소였다.

"뭐…해……?"

유정은 단번에 하루를 발견할 수 있었다.

그리고 하빈과도 눈이 마주쳤다.

아래위로 상대방을 스캔하는 두 여자는 웃음을 지우며 인사를 나눴다.

몸매와 얼굴에 대해서는 유정이 고개를 푹 숙였다.

그러나 유정에게는 다른 것이 있었다.

"우리 하루. 이분은 누구야?"

유정은 자연스럽게 하루의 옆자리에 앉아서 하루의 팔짱을 꼈다.

학교를 다닐 때 가끔 이렇게 하고 다니기도 했으니 말이다. 그 모습에 하빈은 살짝 인상을 썼다.

티는 내지 않았지만 감히 자신이 침을 발라놓은(?) 하루에게 친한 척을 하다니, 짜증이 났다.

경쟁자로 인식을 하고 있는 중이었다.

"아, 저는 하루 씨 여자 친구입니다."

유정은 훗, 하고 웃었다.

여자라곤 친한 게 자신 밖에 없는데 여자 친구라니, 말이 되지 않았다.

하루가 아니라고 설명을 하려는 순간 유정이 먼저 입을 열었다.

"아~ 여자 사람 친구 분이시구나. 하루야, 잠깐 집에 좀 가자. 집에 뭐 좀 두고 간 것 같은데. 배고프니까 밥도 좀 먹고. 응?"

"저번에 뭐 두고 갔어?"

특히 여자 사람이라는 부분을 강조해서 말하는 유정이었다. 하루는 이 상황이 도통 무슨 상황인지 몰라서 말을 아꼈다.

"저희 아직 말이 안 끝났는데요. 호호호."

"그러세요? 그럼 전 기다리죠. 뭐, 하하하."

두 여자의 사이에서 찌릿한 전기가 오가는 것만 같았다.

"…주인님. 이러고 계신 거였어요?"

"채령아! 말랑이!"

웨어울프들과 헤어져서 돌아온 채령이 노려봤다.

집으로 가는 도중의 카페라서 우연히 하루를 볼 수 있었다. 그리고 두 여자들도 말이다.

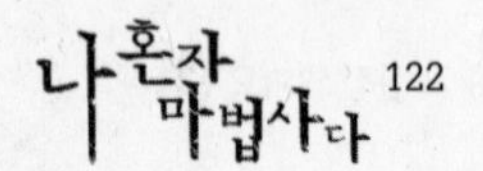

유정과 하빈은, 채령을 보고서는 바로 째려보던 눈빛을 거뒀다.

"집에 가요."

그 한 마디에 하루는 일어나 돌아서서는 채령을 따랐다. 두 여자는 뒷전이었고 인사도 하지 않았다.

도망치듯 나가버린 것이었다.

"너희 뭐야. 그동안 어디 갔었어!"

"지금 그게 문제에요? 와… 저희는 얼마나 고생을 하고 왔는… 흐윽… 여자나 만나고 계시고……."

"아니. 그건 우연히 어떻게 만나서… 같이 가!"

"주인. 우리 강해졌다."

채령은 계속해서 집까지 훌쩍이며 들어갔다.

쫓아 가려는 하루를 말랑이가 잡았다.

말랑이의 말에 하루는 고개를 끄덕이며 외관을 바라봤다. 채령도 마찬가지였다.

둘 다 어딘가 변한 듯한 모습이 자세히 이렇게 보고 나서야 느껴졌다.

"무슨 일이… 있던 거야?"

청와대는 각종 시위로 시끄러웠다.

그에 따라 국회의원들과 대통령의 미간의 주름은 깊어만 갔다.

모두 자신들이 벌인 일이지만 이건 뭐, 너무 시위가 심했다. 활을 쏘고 보안 요원들을 공격하는 일이 다반사였다.

"전부 쓸어버리면 어떻겠습니까? 서울에서처럼."

"안됩니다. 안 그래도 그때 그 일이 퍼질 뻔한 걸 겨우 막았던 것을 생각하면… 감당 못합니다. 현재 국민 전체가 적입니다."

대통령의 말에 의원들은 만류를 했다.

지금 이 상태로도 좋지 않았다.

뭔가 더 한다는 것도 이젠 무리였다.

"그냥 잘 막기나 해요. 무슨 일이 터진다면요."

"네… 아 그리고 아실지 모르겠지만 마법사, 이하루라는 자가 살인을……."

"…그가 그냥 그랬다고요? 분명 무슨 일이 있었을 텐데요……."

대통령은 이상하다 생각하며 되물었다.

물론 답변을 할 수 있을 거라 생각한건 아니다.

그저 자신에 대한 물음이었다.

그걸로 끝, 대통령은 회의실에서 자신의 방으로 돌아왔다. 더 이상 대화해 봤자 저들은 할 수 있는 게 없다. 고작 정보조작이나 언론 플레이가 끝이었다.

"그림자 나와요."
"……."
대통령, ∀의 주인은 창문을 보며 작게 그림자를 불렀다. 스륵 나타나는 두 개의 인영, 아마 얘기하지 않아도 무슨 말을 할지 알 것이다.
제일 신경이 쓰이는 놈이 뭔 짓을 하고 있다는 말이 들려왔기 때문이다.
"알아 와요. 되도록 죽여도 좋고. 몸조심해요. 그림자."
박은형, 대한민국의 대통령은 55세로 역대 대통령보다는 좀 이른 나이로 대통령 자리를 꿰찼다.
그리고 지금은 제일 욕을 많이 먹는 사람들 중 하나였다.
똑.똑.
"박은형 대통령님. 데려왔습니다. 오준영입니다."
문이 열리고 군인 복장을 한 오준영이 들어와서 경례를 했다.
이미 박 대통령이 불러냈던 그림자들은 사라진 뒤였기에 여유로운 표정으로 오준영을 맞이했다.
"이리 앉아요."

하루는 모두를 데리고 쇼핑에 나섰다.

기분을 풀어주고 사과를 할 요량이었다.

어떤 일이 있었는지는 말랑이에게 전부 들었다.

무려 칸드라에 대한 단서다.

하루가 귀를 쫑긋 세우고 들을 수밖에 없었다.

"뭐든 사. 능력 되는대로 뭐든 해줄게."

"뭐든지요? 저 가방도 사요?"

말없이 고개를 끄덕였다. 돈이야 레이드 해서 벌면 됐다. 고생을 하고 온 대가였다.

그렇지만 계산을 하려는데 하루의 카드를 든 손이, 가게 직원들과 힘 싸움을 하고 있었다.

나온 김에 가으하네와 말랑이의 옷도 사줬다.

말랑이는 요즘 세련되게 잘 나오는 최신 옷을 애견 샵에서 사줬다.

무척이나 마음 들어 하는 말랑이였다.

"언데드…가 있는 곳이 아니라 숲을 찾아봐야 하는 건가. 원래 숲속에 사니까 말이야. 말랑이랑 칸드라도 숲에서… 만나게 된 거고."

지금까지 이상한 곳만 돌아다녔다는 것에 허탈함이 느껴졌다. 늑대는 숲, 이것을 간과하고 있었다.

제일 중요했던 것인데 말이다.

"아, 뭐야. 꺄아!"

"미, 미친 거 아니… 사, 살려만 주세……."

피슈—웅.

사람들 틈으로 또 하루를 공격하려는 사람들이 달려왔다.

무기를 들고 있는 것을 보고 주변 사람들이 소리를 질렀다. 그러나 자신들은 안전하다는 것을 알고는 구경을 할 뿐이었다.

"후."

하루는 강하지도 않은 것들이 왜 자신을 이렇게나 공격을 하는지 몰랐다.

그저 한숨만 내쉬며 가으하네가 죽이거나 하루 자신이 죽여야만 했다. 피를 묻히긴 싫었지만 철거머리 같았다. 도대체 벌써 며칠 째인가, 가으하네 덕분에 스트레스는 덜 받았지만 짜증나는 건 짜증나는 것이었다.

"전부 죽인다."

"주인. 왜 저들이 공격하나?"

"주인님, 뭐에요? 저 사람들은?"

"설명은 잠시. 가으하네, 살려. 붙잡아야겠어. 도대체 왜 공격 하는 거야?"

마을을 돌아다니면서 몇 번씩은 마주친 얼굴들도 있었기에 하루는 자신이 악감정을 준 것도 아닌데 왜 공격을 하나, 자신 때문에 뭐 피해 본 것이라도 있나 했다.

"컨트롤!"

"끄.끄.끄."

가으하네가 검으로 공격하기 전에 하루가 마나를 넓게 그물 모양으로 퍼트렸다.

단체로 움직이지 못하게 되자 틱 장애가 있는 사람들처럼 끄—끄—하는 소리와 함께 발버둥을 쳤다.

"아니, 말을 하라고요. 말을!"

벗어날 수 있다는 생각을 하는 것인지 하루는 그물을 더 조였다. 움직이지 못하게 말이다.

그래도 소용없었다. 여전히 말은 하지 않았다.

잠시 후 사람들의 입에서 피가 흘렀다.

"혀, 혀를 깨물었어……?"

보고 있던 채령이 인상을 쓰며 외쳤다.

혀를 깨물어 죽는다는 것은 정말 웬만한 정신과 힘없이는 불가능했다.

"주인님, 혹시 정신계 마법이나 그런 걸 익힌… 아니면 최면이라던가……."

믿겨지지 않아 물었지만 하루는 뭔 말 같지도 않은 말이냐며 고개를 도리질 쳤다.

"진짜, 하나같이 미친 사람들 처러엄……?"

주변 사람들은 고개를 돌리고 인상을 썼다.

사람이 죽었기 때문이다. 하루도 인상을 쓰고는 지금까지 공격을 해 온 사람들을 생각했다. 그들의 공통점.

'초점이 없다… 초점이. 그리고 일방적으로 나만 노리고… 마치 좀비처럼… 좀비! 지배……?'

"라베?!"

그래, 이제야 좀 뭔가 풀리는 것 같았다.

사람들을 지배해서 조종할 수 있는 인간은 라베뿐이었다. 자신에게도 악감정이 있고 말이다.

아무 죄가 없는 사람만 죽은 것이다.

라베의 능력 때문에.

"라베 이 자식… 채령. 그 놈 어디 있는지 알아? 추적 스킬."

그린벨트로 하피에게 끌려가기 전, 지영이 라베에게 걸어두었던 추적스킬이 있었다.

잃어버린 사람을 찾기에는 이 스킬이 제일 쓸만했다.

"잠… 아, 별로 떨어지지 않은 곳인데요. 위치가 많, 많아요! 뭔가 이상한데……?"

채령이 허공을 바라보더니 당혹감을 감추지 못했다. 그 순간 사람들이 달려왔을 때보다 더 큰 비명 소리들이 들렸다.

세 뿔 멧돼지가 긍긍긍 거리며 하루를 향해 달리고 있었다.

속도는 굉장했고 몸집도 보통 성인을 뛰어넘었다.

눈에 보이자마자 하루는 자세히 눈을 들여다봤다.

'초점이 없어. 라베 이 자식… 몬스터 까지……?'

하루는 바로 매직미러를 시전하고 파이어-버스터를 준

비했다.

"발도."

가으하네는 바로 눈앞으로 달려오는 새 뿔 멧돼지를 빠르게 검 집에서 검을 빼는 기술로 베어서 넘어트렸다. 그리고 하루의 마법이 작렬, 세 뿔 멧돼지 자체는 그리 약하지 않았다.

"흩날려라! 회수!"

"거대화—"

채령과 말랑이도 가세했다.

이 많은 몬스터의 정신 지배를 하다니 굉장히 노가다를 했을 것이라 생각했다.

이상한 기술들로 가으하네와 같이 세 뿔 멧돼지들을 처리했다.

"너희들……."

"훈련 많이 했어요."

"이제 피해를 주고 싶진 않다."

대통령과의 만남

라베는 하루를 징그럽게 공격하는 몬스터을 보며 만족스럽다는 듯 웃어보였다. 공들여서 데리고 온 몬스터들이었다. 그 덕분에 정신 지배의 스킬 레벨도 올랐다.

"아직 상대하진 못한다. 이하루……."

라베는 낮게 읊조리며 자리를 떴다.

자칫 걸리기라도 한다면 반드시 죽을 것이다.

사실 이하루가 살인을 할 줄은 몰랐다.

지금까지 살인하는 것을 보지 못했기 때문이다. 그러나 처음 분식집으로 보낸 사람을 그냥 거리낌 없이 죽이는 것을 봤다.

라베의 생각과는 많이 달랐다.

그렇다면 이제 강한 놈들로 승부를 볼 수밖에 없었다.

“고기 냄새가… 후. 바베큐 파티나 할까?”

하루에게 타 죽은 세 뿔 멧돼지들은 그대로 싹 구워졌다. 향기로운 냄새가 났다.

좀 전 비명을 지르던 사람들이 다시 되돌아 올 만큼 말이다. 말랑이가 다가가 뒷다리 한 점을 베어 물었다.

역시나 짐승은 달랐다. 먹을 것이 보인다면 일단 먹고 본다.

‘아… 왜 갑자기…….’

양피지 내용이 떠올랐다. 요즘엔 이렇게 많은 양의 몬스터를 상대한 적은 없었다.

게소 사라나를 하루가 잡은 것이라면 뭐든 나타났을 것, 그러나 하루의 생각대로 자신이 잡은 게 아니었다.

‘특정 힘이나 능력을 지닌 사람인가. 아니면… 신? 아니야, 신이 왜 이딴 일을 벌여 놓겠어.’

하루는 고개를 저었다. 생각한다고 나올 답이 아니었다. 그 시간에 하나라도 칸드라의 단서를 찾는 것이 이득이었다.

아니면 리치를 찾던가 말이다.

“죽은 사람들은…….”

“경찰이 알아서 하겠지. 가자.”

냉정한 시선으로 죽어 있는 사람들을 보고 돌아섰다. 채령은 헛구역질이 나올 것 같았다.

비위가 약한 것일까, 채령도 더 이상 뭐라 하지 않고 갔다.

"말랑아, 그만 먹고 와."

"주인, 이거 힘이 솟는다. 맛있다. 알았다. 간다."

말랑이는 하루의 말 없는 시선에 먹던 멧돼지 고기를 내버려 두었다.

"숲…으로 갈거에요? 산이든… 어디든요."

"지금은 아니야. 턴에이가 뭐하는 놈들인지 일단 알아야겠어. 정부 기관 중 하나라고… 알아봐야지."

턴에이 지하 실험실, 광분에 찬 환호성이 퍼졌다.

감동과 희열 등 지금까지 서러운 감정들을 모조리 밖으로 끄집어냈다.

"해냈…다. 해냈어!"

"드디어… 하아!"

대형 몬스터의 몸에서 나온 아이템 하나가 박사의 손에 들려 있었다.

피에 범벅이 되어 있긴 하지만 위대한 발견이었다.

아마 더 한국이 강대해질 수 있는 아이템이었다.

십이장

대형 몬스터에게서 적출되는 돌덩어리. 몬스터가 가진 힘에 따라 능력이 다르다. 무기나 신체를 일정 확률로 강화할 수 있다.

노란색 돌덩어리가 바로 십이장이었다. 이것에도 종류가 있는지 설명에도 그리 나와 있었다.

예상을 하기론 대형 몬스터들에 따라 다른 색의 십이장이 나올 것 같았다.

"여러분?"

바로 보고를 받았는지 박 대통령은 급히 내려왔다.

얼굴에 웃음기가 가득한데 억지로 참고 있는 모습도 언뜻 보였다.

떨리는 손으로 박사가 들고 있는 십이장으로 손을 뻗었다. 돈을 괜히 많이 투자한 것이 아니었다.

십이장을 받아든 박 대통령은 정보를 확인하고 짧게 탄식을 내뱉었다.

'이것이라면… 자금을 꽤…….'

돈을 긁어모을 수 있을 것 같다는 생각이 들었다.

일종의 강화석인 십이장의 쓸모는 무궁무진 했다.

나중에 십이장이라는 것을 대형 몬스터에게서 이렇게 얻을 수 있다는 것이 알려진다면 대형 몬스터의 값이 뛸게 분명 했다.

초기에 많이 벌어두어야 했다.

물론 그 기술을 가진 게 이곳, 턴에이 밖에는 없고 십이장보다는 대형 몬스터의 값이 쌀 것이기 때문에 그리 걱정할 만한 것들은 없었다.

“주인님. 전화입니다.”

“누구.”

“그림자입니다.”

박 대통령은 비서가 전해준 핸드폰을 받았다. 물론 십이장은 인벤토리에 일단 고이 모셔두고 말이다.

“이유를 알아냈습니다. 라베가 정신지배로 이하루에게 사람들을 보냈습니다. 그 결과 모두 전멸했습니다.”

그림자의 보고였다. 매우 간단하지만 라베가 살아 있다는 것과 하루를 노리고 있다는 것을 동시에 알려주고 있었다. 보고를 하기 위한 것도 있지만 그림자가 원하는 답은 ‘어느 놈을 죽일까’였다.

“살려둬 일단은.”

웃으며 말하는 박 대통령의 모습에 십이장 때문에 기분이 좋아서 한 사람 사는 구나 생각했다.

‘라베. 살아 있었어요… 이하루 군을 죽이려드는 군요.

그렇다면 지금 굳이 처리할 필요는 없군요. 계속 피곤하게 만들어 준다면 이쪽이 좋으니까요.'

박 대통령은 계속 수고하라는 말만을 하고 엘레베이터에 올라탔다. 끝으로 '이하루 군도 쓸 곳이 좀 있으니까요'라며 세상을 다 가진 것 같은 표정을 지었다.

투명한 물체가 슬금슬금 왔다갔다 거렸다. 인이어를 끼고 검은색 양복을 입은 사람들을 피해서 회색 정장에 사람들에게 좋은 인상을 심어주는 중년 남성을 뒤따랐다.

'여긴 술집… 설마 룸으로 들어가나?'

저번에 거래 때문에 이곳과 비슷한 곳에 온 적이 있었다. 투명한 물체의 정체는 하루였다.

쫓고 있는 사람은 그나마 뭔가 있을 것 같은 국회의원 이환영이었다.

몬스터 게임화와 게소 사라나 사건 때문에 유가족들의 대책을 위해 가족대책위원회를 개최하고 있던 중이었다. 그런데 그곳에서 이환영의 유가족들에 대한 태도 때문에 이슈가 됐다.

항의를 하는 유가족들에게 경비는 뭐하냐, 조용히 하라 등의 말을 했다. 그래서 지금은 근신 중, 조용히 돌아다니고 있는 중이었다.

"어~ 안녕하십니까. 이환영입니다."

"조규철입니다."

하루가 룸 안에 숨어들고, 둘의 대화가 이어졌다.

룸에는 술이 들어오고 분 냄새를 풍기고 야시시한 옷을 입고 들어오는 여자들도 있었다.

"기사들… 전부 잘 처리 해주실 거라 믿습니다."

"그까짓 거야. 당연하지 않습니까."

조규철은 슬쩍 웃었다. 술도 술술 잘 들어가고 옆에 끼고 있는 여자들도 마음에 들었다.

검색 사이트 NEB(네이비)의 힘은 대단했다.

하루 드나드는 사람 수가 세기도 힘들었고, 제일 잘 알려져 있는 검색 사이트들이었다.

기자들이 올린 기사들을 처리하는 힘을 가지고 있는 사람이 바로 이 조규철이었다.

인터넷 협회 회장이기도 했기에 이환영의 말을 들어주는 것은 식은 죽 먹기였다.

'개자식들…….'

하루는 그냥 '죽여 버릴까'라는 생각을 했다. 이런 썩은 물들은 죽어도 괜찮은데, 그 아래 있는 직원들이 문제였다. 직원들이 무슨 잘못이 있는가, 사장이 죽으면 그들의 월급은 어떻게 하고 말이다.

"게소 사라나…였나. 그 대형 몬스터 사건은 어찌 된 겁니까. 잘 듣질 못해서."

"크… 그 광경은 참담했죠. 뭐 살아남은 사람들이 극소수고 우리가 뭔 짓을 한지는 모르니까… 크. 노래 좀 불러봐라 좀. 어?"

이환영은 옆에 끼고 있던 여자들에게 말을 했다.

가슴골 사이에 백만 원짜리 수표를 꽂아주며 말이다.

하루는 빈 공간을 여자들이 차지해서 구석 쪽으로 살살 이동했다.

그리고 지금 이환영이 한 말에 약간의 충격을 먹었다.

'극소수? 무슨 짓을…….'

더 이상 얘기는 나누지 않았다. 조규철도 알고 있는 것이었다.

무슨 짓이라는 것은 말을 할 수 없다는 것을 말이다.

이제 술에 먹힐 때 쯤, 이환영이 조규철에게 검은색 가방을 넘겼다. 액수는 확인도 하지 않은 채 가지고 조용히 나가는 조규철에 하루는 오늘은 글렀다 생각했다.

'허탕… 차라리 블랙 워크에 말을 해볼까.'

뭐라도 턴에이 관련 말을 하길 바랐건만 그런 걸 말할 낌새도 보이지 않았다. 애초에 국회의원을 따라다닌다면 뭔가 나올 것이라는 생각이 잘못 됐나 싶었다.

이런 것에는 블랙 워크, 어쌔신들의 길드가 인내심 있게 잘 할 것만 같았다. 한 번 해보니 할께 못됐다.

'연락처가 있었나.'

하루는 감투를 쓴 채 혓바닥의 침을 코에 묻히는 작업을 계속 했다. 너무 오래 앉아 있어서 인지 다리가 저렸기 때문이다.

똑. 똑.

누군가 하루의 방문을 두들겼다. 가으하네는 아니었다. 이렇게 조용조용 두들기진 않을 것이었다.

"일어나세요. 주인님."

하루는 부스스한 머리를 하고 졸린 눈을 비볐다.

어제의 후유증 때문인가 피곤했다.

문을 열고 채령이 들어왔다.

흰 색 셔츠에, 셔츠에… 그냥 흰색 셔츠였다.

"왜, 왜 내……."

하루의 교복이었던 셔츠만 입고 방 안으로 들어온 채령이었다. 당황하는 하루를 보고 채령이 입을 열었다.

"새것만 빨려고 했다가 전부… 빨고 하나 입고 있던 건 냄새가……."

"그, 알았으니까 저기 트레이닝복이라도 입어, 난 조금 있다 나갈게."

"왜요. 국 다 식어요. 음식 만들었는데, 빨리 나와요."

남자라면 이해할 것이다. 아주 발기 찬 하루를 시작하는 하루였다.

하루는 모습을 대충 정리하고 거실로 나왔다.

웬일인지 국 냄새가 쫙 퍼졌다.

오랜만에 느끼는 이 냄새는 기분이 좋았다.

마치 학교를 가기 전 엄마가 해준 된장찌개를 한술 떠먹은 듯한 기분이었다.

식사를 전부 마치고 나서는 하루는 여기저기를 뒤지기 시작했다.

"연락을… 못하나. 서류에도 없고, 뭐 부탁할 수가 없잖아."

전에 블랙 워커에서 건 낸 서류에도 명함 같은 건 없었다.

혹시라도 자신을 감시하고 있을 수 있다. 허공에 대다가 잠시 나와 보라고 소리를 쳤지만 아무런 대답이 없었다.

'결국 내가 또 나가봐야 하는 건가.'

국회의원의 미행, 언제 끝날지는 몰랐다.

하루는 바로 어제 그 이환영과 같은 더러운 꼴을 다른 국회의원에게서 보기 싫었다.

나라를 위해 일해야 하는 사람들이 하나같이 이기적이었

다. 자신밖에 생각하지 못하는 사람들.
"너희들은… 뭐야, 어디 가게?"
"사냥이요."
레벨 30, 그러고 보니까 하루는 그렇다할 사냥을 한 적이 없었다.
마찬가지로 레벨도 오르지 않았고 말이다.
수 십 번은 레벨이 오를 경험치 인데 반응이 없었다.
하루의 옷장에 있는 트레이닝복으로 갈아입은 채령은 채찍을 들곤 신발을 신으려 했다.
그건 말랑이도 마찬가지였다. 가으하네도 슬금슬금 눈치를 보고 있었지만 따라가고 싶은 심정이었다.
움직이지를 않으니 좀이 쑤시는 것이었다. 마음껏 수다를 떨지도 못하고 말이다.
"나도 갈까?"
"아니요. 주인님은 쉬세요. 저희도 레벨 업 해야죠. 같이 가면 금방 올게 뻔하잖아요."
채령은 하루를 때어 놓고 가려 했다.
어떻게 보면 당연한 처사였다. 하루와 함께 사냥을 한다면 분명 한 번에 몬스터들을 쓸어버릴 것이다.
"그럼 안 따라 간다. 가, 빨리 가버려."
하루는 약간 토라진 채 말을 했지만 소용없었다.
채령과 말랑이가 함께 밖으로 나갔다.

이미 웨어울프들과 많은 사냥들을 한 채령과 말랑이는 사냥에 익숙해져 있었다.

집 안에 남겨진 건 하루와 가으하네 뿐이었다.

뭘 해야 할지 고민이 됐다. 정말 오늘도 국회의원들을 쫓아가야 하는 건지, 아니면 숲이라도 뒤져야 하는지 말이다.

띠리리—

"누구…지?"

저장되어 있지 않는 번호였다. 하루는 잠시 쳐다보다가 통화 수락 버튼을 눌렀다.

전화기로 들려오는 목소리는 약간 중후한 목소리였다.

"안녕하세요. 이하루 씨, 박은형 대통령입니다."

'대통령?! 내가 알고 있는 그 사람…? 그런 사람이 왜?'

하루는 무슨 일로 대통령이라는 사람이 전화를 했는지 의심했다. 혹시 사람을 죽인 것 때문인가, 아니면 장난 전화인가 생각했다.

"아, 네. 무슨 일로… 대통령님이……."

"잠시 얘기를 나누고 싶어서요. 마법사인 이하루 씨에게 할 얘기가 있습니다."

약간 걸쭉하고 앉아 있는 자리가 만들어주는 위화감과 카리스마가 섞인 목소리에 하루는 고개를 끄덕이며 청와대로 찾아가겠다 말을 했다.

둘 다 밖에서 만나는 것은 많은 사람들의 눈에 띄기 때문이었다.

"이하루 씨 힘 좀 빌려야겠군요. 제가 그 힘을 취하면 좋겠지만요. 조심해서야 나쁠 건 없으니까요."

박 대통령은 커다란 스크린에 비친 그린벨트에 달아 놓은 CCTV화면을 쳐다봤다.

거대한 덩치에 짙은 갈색의 털을 지니고 있는 생명체가 숨을 쉬고 있었다.

통화가 끊어진 휴대폰을 들고 있던 박 대통령은 그제야 휴대폰을 내려두었다. 뒤엔 그림자 둘이 있었다.

"따라 붙을 수 있다면, 계속 따라 붙어요. 뭐라도 건지면 별로 좋지는 않으니깐… 혹여 또 의원들 중 누구라도 따라 붙으면 연락하고요."

하루를 계속 미행하던 그림자들이 박 대통령에게 보고를 한 것이었다.

그에 박 대통령은 하루의 시선을 다른 쪽으로 돌리기로 한 것이다.

"등잔 밑이 더 어두운 법이지요."

턴에이에 더 가까이, 더 숨기려 한 것이다.

통화를 끊은 하루는 자신의 모습을 바라봤다.

그냥 평상복인데 후줄근해서 대통령을 만나기엔 좀 그런 복장이었다.

"정장도 없는데, 한 벌 사야하나."

가으하네를 보자니 그 생각도 나쁘지 않았다.

올 검은색을 입으면 뭔가 포스가 남달랐다.

하루는 자신의 사이즈를 생각하며 정장 집으로 향했다.

"어서 오세요!"

알바생은 무척이나 발랄한 모습으로 하루를 맞이했다. 그러고는 가으하네를 보더니 깜짝 놀라 발을 헛디뎠다. 다행히 넘어지진 않았지만 몸 개그가 되었을 뿐이다.

양복들을 쭉 둘러보니 하루의 눈에는 전부 거기서 거기로 보였다.

마음을 진정시킨 알바생은 조심스럽게 와서 물었다.

"어떤 걸 찾으시나요……?"

"그, 중요한 분을 만날 건데 뭘 입어야 할지 몰라서요."

"그러시면 이걸 추천해드릴게요."

딱 봐도 나 비쌈이라고 써져 있는 듯한 느낌을 받은 하루는 조용히 음미하는 듯 '음~'하며 알바생의 다음 말을 기다렸다.

"가격은 저희 가게에서 중간 대인데 천 만 원 조금 나갑니다. 그만큼 괜찮은 옷 이구요."

"다른 건……."

하루가 웃으며 다른 옷을 찾았다. 속으론 뭐 이런 미친 가격이 있나 싶었다.

'장인이 한땀 한땀 딴 것도 아니잖아. 그런데 무슨 정장 가격이… 후. 역시 브랜드라 그런가.'

돈이라면 어느 정도 벌어두긴 했지만 그래도 이 세상을 살아가는 데는 부족했다.

힘과 직위도 필요 했다. 절실히는 아니지만 지금 상황도 그랬다.

대통령과 만나는 자리가 불편해서 정장을 입으면 조금이라도 편해질까 하는 마음에 구매를 결정한 것이었다.

"이건 어떠세요. 그냥 무난하게 잘 맞으실 것 같은데… 250정도 잡으시면 됩니다. 하하, 한 번 입어보세요! 스판으로 되어 있어서 착용감은 괜찮으실 겁니다."

알바생이 싱긋 웃으며 하루를 탈의실로 집어넣었다. 뭐라 할 세도 없이 정장을 들고 탈의실로 향한 하루는 주섬주섬 옷을 벗었다.

"흐익!"

기다리는 동안 알바생은, 가으하네를 힐끔 힐끔 쳐다보며 놀랬다. 시간이 좀 지나서 탈의실 문이 열리고 하루가 걸어 나왔다.

"와…우… 혹시 여자 친구 있어요?"

"아뇨. 없는데요."

"아깝다. 있으시면 이 모습보고 완전 설렐 텐데. 구입 하시겠어요? 히힛."

거울을 보니 알바생 말대로 꽤 봐줄만 했다.

아직 머리를 좀 손 봐야 했지만, 가으하네가 보기에도 그냥 고개를 끄덕일 정도였다.

부들거리는 손으로 카드를 일시불로 긁고 나온 하루는 머리를 하고 정장을 입었다.

올린 머리가 꽤나 잘 어울렸다.

"시간이… 별로 안 지났네. 역시 쇼핑은 지루해."

채령과 쇼핑을 하던 때를 생각하는 하루였다.

그리고 청와대로 향하는 택시에 올라탔다.

평범한 사람들의 파티는 대체로 인터넷이나 주변 사람들로 구성이 된다.

목숨을 걸고 하는 것이라 대체로 믿을 수 있는 사람이나 강한 사람을 선호한다.

채령과 말랑이는 미리 넷 상으로 파티 하나를 찾았다. 수준도 꽤 높은 듯 보였기에 바로 약속을 잡았다.

"안녕하세요. 채령이라고 합니다. 여긴 제 소환…수…구요."

"잘 부탁한다. 말랑이다."

개가 말 하는 것은 놀라웠다. 채령이 찾은 파티원들이 각자 인사를 시작했다.

"조준호입니다. 궁수구요. 파티장이기도 합니다."

"류태우. 전사다."

빡!

조준호가 류태우의 목덜미를 가격했다.

그리고는 존댓말로 하라 했다. 손 사레치는 채령, 다음 사람들도 모두 인사를 하고 이동하기 시작했다.

5명으로 이루어진 파티였다.

가는 곳은 폐쇄된 지하철이었다.

레이드를 하는 파티가 아니었지만 중형 몬스터가 출몰을 한다는 곳이었다.

기본적인 몬스터는 다크 몽키라는 몬스터였다.

"이제 어두워지니까 눈 적응 좀 하고 사냥 시작할게요."

지하철 안쪽에선 끽, 우끽 거리는 소리들이 들려왔다. 어두웠고 사냥을 해야 했기 때문에 손전등 같은 것을 들기엔 위험했다.

눈을 어둠에 적응 시키는 것이 제일 안전했다.

'채령… 이하루, 그 자의 동료. 실력이 어느 정도인지 확인을 해봐야겠지. 되도록 친해져서 로벨리아로…….'

모든 건 조준호가 계획한 것이었다.

채령은 이미 블랙 워크에게서 산 정보로 알고 있었다. 그리 높은 단계의 정보는 아니었기에 싸게 했다.

다른 사람들도 모두 로벨리아 사람들이었다.

이곳의 사냥은 자신들도 좀 힘겹게 하는 곳이었다.

자칫하면 다크 몽키들에게 단체로 집중 공격을 당할 수도 있었다. 그렇기에 조심함과 실력이 필요한 곳이었다.

"사냥, 시작하죠."

삐이이이—

조준호는 호감도를 끝까지 올려, 펫으로 만든 '호크'를 소환했다.

무엇이든 꿰뚫어 보는 눈을 지닌 호크는 아무 문제없이 활을 꺼내든 조준호의 어깨 위에 앉았다.

하루는 시끄러운 청와대 앞에 섰다. 각종 시위들로 시끄러웠다. 한 번 본적이 있었지만 이렇게 가까이 와본 것은 처음이었다.

들려오는 소리를 들어보면 대통령과 국회의원들은 전부 쓰레기라는 얘기였다.

"안으로 드시죠. 기다리고 있습니다."

서성이는 하루를 발견한 보안관은 안내를 했다. 뒤에서 가으하네도 따라오고 있었다.

보안관은 손으로 가으하네를 제지했다.

"손이 잘리고 싶지 않으면 손때는 걸 추천하는데."
눈이 마주친 보안관에게 말하는 가으하네였다.
움찔하는 보안관이었지만 할 말은 다 해야 한다는 사명감에 '저 분 외에는 들어가지 못한다'라고 말해버렸다.
스르-탁.
검을 빼내려는 순간 하루의 컨트롤로 인해 손이 잡혔다. 가으하네는 하루를 쳐다봤다.
고개를 도리질 하는 하루에, 가으하네는 손에 쥔 힘을 풀었다.
"그냥 들어가게 좀 해주죠. 초대 받았는데. 아니면 여기가 그냥 날아가길… 원하시나."
슬쩍 웃으며 말하는 하루의 모습에 보안관은 흡! 하며 숨을 들이키더니 가으하네의 몸에 댄 손을 슬며시 뺐다.
지나가는 사람이 누군지 확실히 알고 있었기 때문이다. 마법사 이하루를 모른다면 간첩이었다.
"…따라오시지요."
보안관은 인이어로 뭔가 내용을 전달 받는 듯하다, 하루의 앞으로 걸어갔다.
청와대의 접객실로 이어지는 길은 별로 복잡하지 않았다. 다만 여러 가지 그림과 도자기들이 눈을 즐겁게 해줄 뿐이었다.
마치 예술이라는 스텟이 생성 될 것 같은 기분.

"기다리면 되나요?"

"박 대통령님께서 오고 계십니다."

접객실에 당도해 편안한 소파에 앉은 하루가 물었고, 왠지 모르게 긴장이 됐다.

우리나라 최고의 지도자가 아닌가, 처음 당선이 될 때는 많은 사람들의 지지를 받은 대통령이었었다.

지금은 아니지만.

"안녕하세요… 이하루 씨."

문이 열리고 박 대통령이 들어왔다.

일단 손을 내민 박 대통령의 손을 잡고 인사를 나눴다. 따듯한 손이었다.

약간 거친 느낌도 들었지만 나이 때문인가 무겁게만 느껴졌다.

"일전에 처리해주신 일들은 전부 감사하다는 말 드리고 싶었어요."

"그 말씀을 하시려고 여기까지 불러주신 게 아닐 것 같은데요. 본론만 말해주셔도 됩니다. 바쁘신 분이니."

"하하, 올해 나이가 스물한 살… 이셨던가요? 나이답지 않게 호탕한 면이 있어요."

나랏일 하는 사람은 항상 바쁘다.

이것이 하루가 생각하는 것이었다.

머리도 좋아야 하며 리더십까지 있어야 한다는 것을 알

고 있었다.

하루의 숨긴 뜻은 빨리 말하고 일해서 밖에 사람들 말이라도, 한 번 더 들으라는 소리였다.

"음… 그럼, 마법사 이하루 씨를 부른 이유를 말해드리겠어요. 식사하시면서요. 아직 식사 안했죠?"

바로 말만 하고 끝내려는 줄 알았더니만 식사를 권유했다. 식전이긴 했지만 대통령과 함께 하는 식사라면 체할 것 만 같았다.

그럼에도 박 대통령의 제안을 거부하기도 좀 그랬다. 이왕 여기까지 온 거 비싼 음식이라도 먹고 가자는 생각이 들었다.

설마 초대 손님에게 싼 음식을 먹이진 않겠지 하면서 말이다.

하루는 고개를 살짝 끄덕이며 그러자는 표를 했다.

보통 드라마에 나오는 거대한 부잣집의 식탁이 하루의 눈앞에 있었다.

향기롭게 올라오는 수프와 모락모락 연기를 뿜고 있는 통 바베큐, 기본적인 한국의 김치, 스테이크 등이 있었다.

한 마디로 사치를 부리고 있는 것이다. 자칫 감탄을 할 뻔 했다.

음식은 일정 시간 동안 능력치나 체력을 회복 시켜주는 능력을 지니고 있었다.

여기 있는 음식들의 옵션은 그야말로 최상이었다.

"드세요. 드시면서 제 말을 들어주시면 되세요."

"네, 편히 얘기하세요."

최대한 예의 바르게 하면서 하루는 음식들을 바라봤다. 가으하네도 물론 옆자리에 앉았다.

중요한 자리인 것을 아는 것인지 별 말은 하고 있진 않았다. 그저 음식들만 우걱우걱 먹을 뿐이었다.

"눈치를 채셨겠지만, 저는… 아니 국가 차원에서 부탁할 일이 있어요. 현재 알려진 바로는 제일 강한 마법사 이하루 군에게."

박 대통령의 말이 이어졌다.

하루는 한 귀로 들으며 한 손으로는 수저를 잡았다.

배가 고파 그런 말들이 잘 들리지 않았다.

"지금까지 저희가 발견한 대형 몬스터, 게소 사라나보다는 못하지만 가까운 등급의 몬스터가 있어요. 그 중 하나는 잡았죠. 거의 다 전멸을 하고……."

박 대통령은 슬픈 표정을 했다. 묵직하게 슬픈 이야기를 하는 그 목소리를 무시할 순 없었다.

"…게소 사라나와 비슷한데 잡을 수 있었다고요…? 대단한 사람들이네요."

"지금은 이 세상 사람이 아니지만요. 그런 몬스터들이 두 마리나 더 있습니다. 지금 당장 급한 것은, 그린벨트에

서식하는 몬스터입니다."

하루는 그린벨트라는 박 대통령의 말에 흠칫 놀랐다. 좋지 않은 기억이 있는 곳이기 때문이다.

무려 두 명의 사람을 잃은 곳이었기에 선뜻 발걸음을 하겠다 말하기가 어려웠다.

가만히 하루가 있자 박 대통령은 약간 우울한 표정 연기를 하며 입을 열었다.

"저희 박사 분들의 소견은, 잠에서 깨어나 그린벨트 밖으로 나올 수도 있다는 소견이에요. 먼저 가서 어떻게 하지 않는다면요… 좋지 않은 결…과가 나타날 수도……."

"지금이 그 시기이고 말이죠."

박 대통령은 고개를 끄덕였다.

포크로 잘게 썰려있는 스테이크를 입에 넣었다. 여유로운 표정이었다.

"그건 알겠는데, 제가 처리하면 무슨 보상이라도 있습니까?"

하루가 목숨을 내놓고 몬스터 레이드를 할 필요는 굳이 없었다.

지금 엄마 하나 살리기도 바쁜데 다른 사람 살리자고 움직이다니 말이다.

박 대통령은 물을 한 모금 들이 킨 뒤, 흥미로운 표정을 하며 하루의 얼굴을 쳐다봤다.

"무슨 보상을 원하십니까, 일단 저희는 돈으로 보상할 예정이었습니다만……."

"보상금과 턴에이… 턴에이라는 조직에 대해서 알아봐 주셨으면 합니다."

"턴에이요? 그게 어떤……."

"정부 기관 중 하나라는데… 뭐든 알려주시면 감사하겠습니다."

박 대통령은 계속 '턴에이… 턴에이…'라며 되뇌이는 듯한 모습으로 고개를 끄덕였다.

하루는 ∀의 주인이 박 대통령이라는 것은 생각도 해보지 않고, 박 대통령의 모습에 아닐 거라 거의 확신을 했다.

"힘닿는 데로 해보죠. 저도 모르는 기관이라… 알았어요. 그리고 보상금은… 2억 정도면… 될 듯한데요."

눈이 커지는 하루였다. 2억이라면 웬만한 몬스터 레이드를 4번 정도 혼자 해야 하는 금액이었다.

더군다나 지금 시세로는 그 4번도 부족했다.

하루는 말없이 고개를 끄덕였고 식사를 끝냈다.

"그린벨트 사냥을 가실 때 저희는 시체 수거를 위해 처리반이 따라가야 하니, 연락 주시기 바랍니다."

"…네. 별다른 준비는 필요 없으니까… 내일 정도에 가는 걸로 하겠습니다. 턴에이… 부탁드립니다."

이렇게 얘기를 나누어 보니, 박 대통령은 하루의 눈엔 그냥 나라 걱정을 하는 지도자로 밖에 안 보였다.
밖에서 시위를 하고 있는 사람들이 말하는 사건들을 전부 만들었을 리가 없었다.
'그린벨트라… 후.'
오늘은 아마 좀 슬픈 밤이 될 것 같았다.

채령과 말랑이, 그리고 파티원들인 로벨리아 조직원들은 나름 힘겹게 사냥을 하고 있었다.
"후려치기! 후려치기!"
채찍을 마구 휘두르는 채령이었다.
계속해서 다크 몽키들이 달려왔다. 몬스터 젠이 빨리 되는 것인지, 아니면 개체수가 원래 많은 것인지, 정말 하드하게 버티고 있는 중이었다.
날아오는 투사체가 있는지 두 눈도 똑바로 뜨고 있어야 했다.
우끼익!
바나나가 사방 어디에서 날아올지 몰랐다.
정확히 말하자면 썩은 바나나껍질이었다.
데미지가 상당했기에 사냥 전에도 특히 주의를 줬었다.
"호크아이. 일점사—"

핑! 하고 조준호의 주변이 잠시 밝아졌다.

그리고 쏘아지는 화살이 다크 몽키의 미간에 박혔다. 바로 즉사, 실로 엄청난 데미지였다.

근거리 전사들도 체력이 간당간당했다.

어그로를 제일 많이 지니고 있었기에 데미지가 순식간에 쌓였다. 특히 그 중에 가장 특출 난 체력을 자랑하고 있는 근접 딜러는 말랑이었다.

빠른 민첩성과 힘, 체력까지 겸비한 말랑이는 최고의 딜탱이었다.

"오늘 사냥은 여기까지 하죠!"

전리품을 챙기며 조준호가 말했다.

그의 곁에서 호크는 이미 사라져 있었다.

꽤 많은 몬스터를 죽였다. 채령과 말랑이는 뿌듯한 표정이었다.

지하철 밖으로 모인 파티원들은 조준호가 정산을 마칠 때까지 기다렸다.

"음… 대략 20만원씩 돌아가겠네요. 꽤 괜찮은 아이템이 나와서요. 잡템들은 별로 쓸모가 없고……."

조준호는, 채령과 말랑이를 쳐다봤다.

"내일도 같이 하실거죠? 주변 뭐 아무데나 가서 한 잔 하고 잔 뒤에, 내일 사냥 한 번 더하죠."

다들 고개를 끄덕였다.

그러나 채령과 말랑이는 어떻게 할지 고민을 했다. 주인님이 기다리고 있을 텐데 생각했다.

'어차피 잘 계시니까… 음… 괜찮겠지? 생활비도 벌어가는데!'

채령은 그제야 웃음을 지으며 고개를 끄덕였다.

조준호는 다행이라는 듯 한숨을 내쉬었다. 허락하지 않으면 어떡하나, '그냥 간다고 한다면 더 친해지지 못할 텐데'라는 생각을 하며 조마조마 해 했다.

땀으로 범벅이 된 몸을 가까운 찜질방에서 씻은 뒤, 앞에 있는 치킨 집에서 모였다.

무려 열 마리, 사람들이 말랑이를 신경 썼지만, 같이 싸운 전우였기에, 파티원들은 별 말 없이 치느님의 다리를 뜯었다.

"음… 음……."

채령은 맥주와 눈싸움을 하고 있었다.

마치 아침에 일어나서 화장실에서 볼일을 본 후의 노폐물처럼 생긴 맥주를 마셔 봐야 할지 말아야 할지 고민이었다.

맥주를 처음 접하는 것이었다.

술이라는 것 자체가 처음이었기에 조심스러웠다.

"그러지 말고 마셔! 쭈우욱~ 처음이야? 이 목을 타고 내려가는 느낌이 얼마나 좋은데, 거품 빠지기 전에 얼른!"

채령의 건너편에 앉은 고영희라는 여자는 채령에게 재촉을 했다. 조준호와 마찬가지로 궁수였는데, 나이가 좀 있는 듯 보였다. 채령은 두 눈 꼭 감고 꿀꺽 꿀꺽 들이켰다.

"캬, 캬으으!"

"크윽. 귀엽다. 귀여워, 나도 저랬던 때가 있었는데."

"에? 누나 거짓말 하면 안 좋아요. 아악!"

채령은 마치 신세계를 본 것만 같았다. 어떻게 이런 색에서 이런 맛이 날 수 있는가, 처음 몸에 들어오고 나서 커피를 마셨을 때와 비슷한 느낌이었다.

'아니야, 더 좋아. 지금은.'

주변에 사람이 많으니 더 맥주라는 음료가 맛있게 느껴지는 듯 했다.

"한 잔 더 받고… 채령 씨는 어디 사신다고 했었지?"

"의정부 근처에서 살아요."

"남자 친구는 아직 없죠? 하하."

"얘는, 꽃다운 나이인데 너같이 삭은 얼굴에 어울리기나 해? 우리 채령이가?"

고영희와 류태우는 티격태격 하며 힘껏 부딪혀가며 마셨다. 보고만 있으면 절로 기분이 좋아지는 모습이었다.

채령의 옆에 앉은 조준호는 채령을 쳐다봤다.

예쁜 얼굴과 몸매다. 조준호도 남자였기에 끌리는 것은 당연지사, 그렇지만 일단 로벨리아로 채령을 끌어들이는 게 우선이었다.

"채령 씨, 혹시 정부에는 관심… 있어요? 지금 이 세상이나… 우리들이 이렇게 된 이유요."

"캬으아~ 정부요? 그."

쿵.

"…설마 두 모금 마시고 취해서 자는 건 아니지?"

"……."

채령이 테이블 위에 함박웃음을 지은 채 뻗어버렸다. 조준호는 이마를 짚으며 인상을 썼다. 이제야 본론으로 들어가서 생각이 어떤지 보려고 했는데 다 헛수고였다.

말랑이는 채령을 한 번 보고, 치킨 한 조각 먹고, 또 채령 한 번 보고를 반복했다. 늑대(?)들의 틈에서 지키기 위한 말랑이의 최선이었다.

"먹자, 먹어. 그래……."

조준호도 다리 하나를 집어 들고 거칠게 뜯었다.

뒤틀림

뱀파이어들이 로드의 앞에 있는 정원에 모여 있다.

뱀파이어들의 개체 수는 그리 많지 않았다.

전부 영면에 들거나 인간들 틈에서 천천히 살아가는 자들만 있을 뿐이었다.

한 마디로 모인 뱀파이어들은 모두 정예라고 봐도 무방했다. 자신의 종족을 생명처럼 아꼈다.

"인간 세상을 공포로 몰아넣을 때가 드디어 왔군."

"몇 천 년 간 로드는 인간들의 발전을 지켜만 보셨지. 좋은 결정을 내리신거야."

모두 원하던 것이었다.

자신보다 약한 인간들을 처리하고 지배하는 힘의 과시. 그러나 로드 시르패의 방향은 그것이 아니었다.

시르패는 인간들과 같은 곳에서 정복을 하는 것이 아닌, 떨어진 다른 곳에서 종족 끼리와의 삶을 살자는 방향이었다.

처음엔 항의가 들끓었고 말도 잘 듣지 않는 부족원이 생겼지만 시르패의 힘은 막강했다.

“유희를 떠나는 건 허락하겠다. 그러나… 인간계에 일정한 선 이상의 간섭을 한다면, 강제 영면에 들게 할 것이다.”

시르패의 말 한 마디에 다들 꿀 먹은 벙어리가 되었다.

진정한 귀족의 피를 이어받은 시르패를 이길 수 있는 자는 없었다.

적어도 자신들이 아는 한 이 지구라는 곳의 생명체들 중에선 말이다.

“드디어 오늘 가는 건가요. 그… 녀석이 어찌 나올지 모르는데. 혹시 더 성장을 했다면…….”

다치아는 걱정스럽다는 말을 내뱉었다.

하르건다함은 무엇을 상상하는지 기분 좋은 표정이었다.

다른 뱀파이어들에게는 느끼하고 변태 같은 이상한 표정이었지만 말이다.

"나, 늑기에. 이번엔… 절대! 지지 않을 것이다."
다치아의 옆에 서있던 늑기에가 소리쳤다.
인간계에서 있었던 일 때문에 얼마나 맞고 훈련을 하며 갈굼을 당했던가, 개인적으로 부끄럽기도 했다.
"감히… 인간, 인간계 생명체에게 당해?! 이 시르패의 아들이……."
다정하고 부드럽기만 하던 아버지, 시르패는 불같이 화를 냈다.
다른 뱀파이어들을 볼 면목이 없던 것이다.
순수 혈통에 진짜 귀족의 피가 흐르고 있는데 고작 다른 생명체, 인간은 아니었지만 도망쳐 나오다니 죽는 것만도 못했다.
"아, 아버지!"
"이제부터 내가 특별히 더 예뻐해 주겠다. 가서 너의 자존심을 회복하고 와라!"
그 후로부터 '다시는 지지 않겠다' 다짐을 했다. 평소 하던 훈련과는 차원이 다른 지옥 훈련, 차라리 영면에 들까 생각도 해버렸지만, 어떻게 참아냈다.
시르패는 이제 인간계로 갈 늑기에에게 한 마디를 덧붙였다.
"딱 두 배, 또 진다면 말이야."
활짝 웃으며 늑기에의 등을 토닥이는 시르패였다.

딱 두 배, 훈련을 그 정도로 한다는 말이었다.

그 동안의 훈련 했던 기억들이 주마등처럼 지나가는 순간이었다.

"그 마법사란… 놈은 가주 분들이 맡아주시겠지… 아니, 우리가… 후."

다치아는 사실 피하고 싶다면 피하고 싶었다.

그때 느낀 그 강력함과 섬뜩함은 더 느껴보고 싶지 않았다.

각자 이야기를 나누는 동안 시르패가 각 가주들과 함께 모습을 드러냈다.

검붉은 로브와 옷을 입은 모습이었다.

중요한 일이 있을 때 입는 의상이었고, 이곳에 모인 뱀파이어들도 모두 같은 옷을 입고 있었다.

시르패는 가운데에 서더니 뱀파이어들의 눈을 쳐다봤다.

즐거움과 흥분, 살기를 품고 있는 눈빛들이었다.

하나하나 쳐다보더니 시르패는 고개를 끄덕이고 말을 내뱉었다.

"가지."

뱀파이어들이 전부 박쥐로 변했다.

변한 수천 마리의 박쥐 떼들이, 일제히 한국으로 향했다…….

광활한 초원! 그 위를 달리고 있는 웨어울프들은 하나같이 두리번거렸다.

칸드라를 찾기 위해 일단 주변 수색을 시작했다.

별로 건질 수 있는 건 없었다.

웨어울프 특유의 발자국이나 털도 없었다.

크르으!

수색을 할 때면 어김없이 몬스터들이 등장한다.

그때마다 본능적으로 전투를 시작하고, 먹을 수 있을 것 같다 싶으면 비상식량으로 보관을 했다.

어르서퍼는 노을 진 하늘을 잠시 바라봤다. 채령의 생각이 난다.

떠나보낸 지 얼마 지나지도 않았는데, 마치 상사병이라도 걸린 것 같았다.

식욕이 없고 무기력한 모습이라는 것을 알고 있지만 티를 낼 순 없었다.

한 종족을 이끌어야 하는 로드의 자리에 앉아 있는 이상 그럴 순 없었다.

'역시 이 근처엔 칸드라의 단서가 없나. 더 멀리 이동하는 수밖에 없겠군…….'

"어……?"

어르서퍼는 하늘을 수놓은 검은 물체들을 발견했다.

왠지 점점 그 검은 물체들이 눈 가까이로 오는 듯 보였다.

이건 본능, 위험하다는 생각이 들었음에도 어르서퍼는 움직이지 않았다.

좌라라라―악―

힘찬 날갯짓을 하며 웨어울프들이 있는 쪽으로 하강을 하고 있는 뱀파이어들은 흥미로운 눈이었다.

'이족 보행을 하는 종족이라… 우리들이 모르는 종족이 있었던가?!'

처음 보는 종족이었기 때문이다.

더군다나 체계까지 갖추어 움직이는 듯한 모습을 보니, 그만큼의 지능도 같이 겸비하고 있나 하는 생각이 들었다.

"정신 지배―"

혹시 날뛸지도 모르니 정신 지배를 걸었다.

그리고 다시 뱀파이어 본래의 모습으로 변했다.

어르서퍼 말고는 모두 경계를 하고 있었다.

그러나 정신 지배에 걸린 상태, 웨어울프들의 움직임은 멈춰져 있었다.

"무슨… 종족이지? 늑대가 떠오르기는 한데……."

"다치아, 왠지 이……."

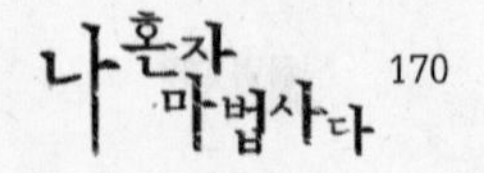

어르서퍼의 입에서 특유의 울음소리가 먼저 나왔고, 다른 웨어울프들도 마찬가지였다.

뱀파이어들은 정신 지배를 걸었는데도 움직이니 당황 할 수밖에 없었다.

웨어울프의 본능이었다. 위험과 사냥 본능이 남아 있던 것이었다.

정신은 지배를 했지만 본능을 지배하지는 못했다.

크르으!

침을 흘리며 손톱을 휘둘렀다.

그렇게 전투가 시작 된 것이다. 당황하면서도 방어를 하는 뱀파이어들이었다.

뱀파이어들도 공격을 했지만, 쉽사리 당할 웨어울프들이 아니었다.

움직임이 뱀파이어들의 생각을 초월했다.

"이런 움직임이 가능할리가!"

진심으로 놀랐다. 인간들만 이상하게 변한 것 인줄 알았는데, 동물까지 이렇게 변했다?

인간들의 상위로는 뱀파이어, 자신 종족 밖에 없는 줄 알았더니만 그게 아니었다.

시르패는 정신 지배를 풀었다.

그리고 싸움은 잠깐의 공방만 오가고서 멈춰졌다.

"그대가 이 자들의 로드… 인가?"

거대화를 사용한 거대한 덩치의 어르서퍼를 보고 시르패가 물었다.

고개를 끄덕이는 것으로 어르서퍼는 대답을 대신했다.

어르서퍼도 앞에 있는 뱀파이어들이 신기했다.

"박쥐, 박쥐에서 바뀌다니… 어느 종족인가."

"어디서 감히 질문을 하는!"

"늑기에. 가만히 있거라. 우리는… 뱀파이어다."

시르패는 어르서퍼에게 달려들려는 늑기에를 막으며 말했다.

'뱀파이어… 뭐하는 종족이지? 더 정보를 얻기엔… 안 되겠군.'

주위를 둘러본 어르서퍼는 살기들 때문에 궁금증을 그냥 가지고만 있을 수밖에 없었다.

이제 자신이 말 할 차례라는 것을 인지한 어르서퍼는, 웨어울프라고 말만하고 다시 입을 다물었다.

'이들도 인간계로……?'

종족원 전부가 모여 있는 듯 보였다.

시르패는 혹시나 이들도 자신들과 같이, 인간들을 죽이기 위해 인간계로 향하는 것인가 하는 생각이 들었다.

"그쪽은 인간들이 사는 곳… 가지마라. 너희는 위험한 종족이다."

방금 싸운 전투 결과로는 인간에게 해로운 존재라는 것을 알아챈 어르서퍼였다.

검은 먹구름 같은 물체, 뱀파이어들이 가던 방향이 인간들이 사는 곳이라는 것을 알았다.

생명이 살고 있는 곳, 악의를 지니고 있다면 순순히 보내줄 수가 없었다.

"너희들이 뭔데 우리들에게 가지마라 하는 것이지? 웃기군!"

"감히 로드에게 그딴 말을 하다니!"

뱀파이어들의 목소리가 높아졌다.

그에 웨어울프들은 잡아먹을 듯 눈을 가늘게 뜨고 있을 뿐이었다.

몇 분간 서로를 노려보는데, 그 신경전을 깬 건 뱀파이어도, 웨어울프도 아니었다.

"……?!"

"……!!"

지반이 움직이기 시작했다.

경호원들이 집 앞에서 대기를 하고 있었다.

비서실장에게 받은 서류엔 큼지막하게 No.2 라는 코드네임과 확인한 몬스터의 정보에 대해 기재 되어 있었다.

'빅풋'

전설 속에 등장하는 그 괴물의 이름이었다.

빅풋하면 제일 먼저 생각나는 것은 거대한 크기와 엄청난 악취였다.

"어떤 능력을 지니고 있는지는 아직 모르지… 그나저나 얘들은 대체……."

하루는 채령과 말랑이가 어디론가 사라졌는지, 또 집에 돌아오질 않자 걱정이 되었다.

또 좋은 정보를 가져다주면 고맙긴 하겠지만, 사냥을 간다 하고 나간 애들이었다.

웨어울프 종족에게 간 것은 아닐 것이다.

"이제 가는데… 메모나 하고 나갈까. 나간 중에 들어올 수 있으니까."

메모를 해 놓고 밖으로 나오자 경호원이 안내를 했다.

차를 타고 가으하네와 하루는 그린벨트로 향했다.

'아선… 아저씨…….'

아저씨가 부탁한 일도 해야 했다.

일단 이번 레이드가 끝나고 나면, 제일 먼저 부탁받은 일을 하고, 그 다음엔 칸드라를 찾아야 했다.

"후… 할 일 많네."

한숨을 쉬며 잠시 눈을 붙일까 눈을 감았다.

여러 가지 생각이 드는 게, 잠은 오지 않았다.
하루가 탄 차를 따라오는, 다른 경호원들의 차가 6대 정도는 되어보였다.
하루를 경호하는 건 아니었다. 그들의 차에는 각각 사람들이 나있었는데, 레이드를 할 때 같이 보낸다던 수거반이였다.
시체의 수거가 중요하니 말이다.
'가격… 꽤 나가겠지. 그런데 뭘 만들 수 있는 건가? 가죽이나 뭐 신장 같은 게 의료용으로 쓰이기도 하나?'
무려 2억이었다.
물론 국방비나 수고비정도가 포함되어 있기는 한다.
그런데 수거반까지 미리 데려가는 것을 보면, 분명 뭔가 있긴 있었다.
'알게 뭐야. 나중에 다 알려지겠지…….'
지금은, 지금 할 일만 잘하면 된다는 게 하루의 생각이었다.
(주) 한국 에너지에서도 감투를 사간 후, 잘 되서 지금은 돈방석 위에 앉아 있었다.
"다 왔습니다. 그린벨트입니다."
"하… 그린벨트. 다시 왔네."
혼자 조용히 중얼거리다 내렸다.
코드네임 No.2, 빅풋이 있는 곳은 더 멀리 떨어져 있었지만, 차로 지나갈 수 있는 건 여기까지였다.

그곳까지 경호원들이 안내, 올 때도 마찬가지로 빗풋으로 가는 길목에 있는 몬스터는 하루가 처리를 해야 했다.

"흠… 혹시 기억나나. 가으하네."

"여기가 맞다. 그러나 어디 있는지는……."

"나도 그러네. 전부 돌아다니면서 찾아봐야겠지."

너무 넓은 대지여서 아선과 지영의 무덤이 있는 곳의 위치를 몰랐다.

다시 찾을 것이라 생각은 했었지만, 생각보다 시간이 나지 않았다.

죄책감도 들었고 말이다.

그린벨트의 풍경은 별로 달라지지 않았다.

식물들이 더 풍성하게 자란 느낌 빼고는, 별로 변한점이 없었다.

오르, 오르으크~

"이하루 씨, 몬스터가!"

"하… 그런 몬스터쯤은 잡아야죠. 나 참."

얼마 들어가지 않자 길을 안내하던 청와대 직원이 소리쳤다. 투덜거리며 하루가 블링크로 다가갔다.

오르크.

머리 위에 뜬 이름을 보고 의아해 했다.

오크와 비슷했는데, 자세히 보니 오르크의 얼굴이 뭔가

좀 더 얍삽해보였다.

그린벨트의 몬스터들은 웬만하면 단체로 나오기 때문에 조심해야 했다.

그러나 하루는 살짝 웃음만 지을 뿐이었다.

"빨리 빨리 가자. 파이어—버스터"

하루는 오히려 몬스터가 모여 있는 것이 좋았다.

폐쇄된 지하철, 채령은 부끄러움에 두 얼굴을 가리고 있었다.

파티원들이 계속 맥주 두 잔에 뻗었다고 웃어 댔다.

술에 취한 채령은, 여자들이 업어서 숙소로 데려가 눕혀 재웠다.

물론 말랑이가 계속 지키고 있어서 망정이었지, 그냥 내버려두었다면 남자 짐승들이 그냥 내버려 둘 리가 없었다.

"빠, 빨리 사냥이나 하자 구요!"

채령은 채찍을 꺼내며 바닥을 두들겼다.

그 후, 적응이 거의 다 끝난 채령이 안으로 걸어갔다.

고영희도 웃으면서 채령의 이름을 부르며 따라 들어갔다.

눈은 얘기를 하며 적응이 다 되었기에 바로 사냥을 시작했다.

이미 어제 호흡을 맞춰봤기에 각자의 할 일을 해내는 채령과 말랑이, 파티원들이었다.

"류태우! 어그로!"

조준호가 소리쳤다.

다크 몽키들이 약간 감당할 수 없을 만큼 몰려서 등장을 했기 때문이다.

철도와 천장을 왔다갔다 시선을 분산시키며 협동으로 공격을 해왔다.

류태우가 더 날뛰었다.

말랑이도 거대화를 써서 다크 몽키들의 시선을 끌었다.

원딜러들에게 가려는 다크 몽키들을 한 대씩 쳐서 어그로를 끌었다.

그 시간 동안 조준호와 고영희를 포함한 원딜러들은 집중 공격을 퍼부었다.

"흩날려라!"

채령은 부끄러움을 사냥으로 승화시키려는 듯 혼자 채찍을 마구잡이로 휘둘렀다.

다가오는 다크 몽키들은, 채령의 채찍 몇 대면 바로 쓰러졌다.

"오늘 왜 이렇게 많은 거야?!"

"뭔가 이상하다. 처리하고 있는데 더 늘어난다."

말랑이가 뭔가 낌새를 느꼈는지, 다크 몽키들을 막으며

말을 전했다.
꺼져 있던 지하철의 불빛이 들러왔다. 눈을 환하게 비추는 불빛, 전부 눈을 감았다.

—보스 몬스터 에피가 등장합니다.

우려하던 바였다.
귓가에 들린 후, 채령의 파티원들은 전부 뒤로 몸을 날렸다.
혹여 눈이 보이지 않을 때, 공격이라도 당할 수 있으니 말이다.
우킥. 우키킥.
에피의 모습은 마치 화난 원숭이 같았다.
중형 몬스터, 털이 곤두서 있다는 프랑스의 말을 따와서 이름을 지은 듯 했다.
가시처럼 털이 하늘을 향해 서있었다.
꼬리는 채령의 채찍처럼 날렵해보였다.
'하필! 지금 나오다니…….'
간단히 사냥을 하면서 말이나 트고 채령과 친해질 요량이었는데, 갑자기 에피가 나타나다니 문제였다.
에피를 잡은 시간이 얼마 지나지 않았다 해서, 나타나지 않을 것이라 생각하고 이곳으로 사냥터를 잡은 것이었다.

"에피… 이 인원수로는……."

하필 유한정도 볼일이 있다며 없었다. 제대로 탱커를 해줄 수 있는 말랑이가 있긴 했지만 나머지는 뭔가 아직은 좀 부족했다.

'중형 몬스터! 주, 주인님!'

채령은 두근거렸다.

주인님 없이 중형 몬스터를 레이드 한다니 말이다. 몇 번이고 이 커다란 덩치들을 본 적은 있었지만 전부 약해보이기만 했다. 하루가 마법 몇 방만 제대로 갈긴다면 금방 쓰러지는 몬스터로 인식이 되어 있던 것이었다. 하루가 있고 없고의 차이는 채령에게 무척이나 컸다. 그건 물론 말랑이에게도 마찬가지였다.

'죽지 않는다.'

죽으면 또 주인이 알 것이다. 그동안 단련해 온 모습을 보여줘야 했다. 이런 생각을 하니 웨어울프 보다는 에피가 약해보였다.

크아아으아!

—보스 몬스터 에피의 체력과 공격력, 방어력이 10% 증가합니다.

에피는 순간적인 빛에 채령의 파티원들이 고통 받는 순

간, 거대한 바나나를 우적우적 씹어 먹고는 괴성을 냈다.

조준호를 비롯한 로벨리아 대원들, 채령과 말랑이는 눈빛을 서로 나누며 전투의 시작을 기다렸다.

하루는 이 더러운 상황이 기분 나빴다.

도대체 뭐하는 놈들이길래 이러는가, 갖가지 채액을 뒤집어 쓴 하루였다.

물론 이곳에 씻을 곳은 없다.

"하… 이제부터 그냥 싹 다 태워버려야겠다. 오르크… 절대 못 잊을 거야."

"더럽다. 나는 이런 더러운 것을 나의 몸에 묻힌 적이 없다. 어서 뭐라도 해봐라."

오르크를 처리하면 초록색 피가 분수처럼 튀어나왔다.

처음엔 파이어-버스터로 처리했을 때는 괜찮았는데 시져 니들과 가으하네의 검에 잘린 것들이 초록색 체액들을 뿜어내면서 죽었다.

끈적거리고 눅눅한 것이, 마치 가래를 한 바가지 맞은 것 같은 기분이었다.

"얼음 관련 마법이 없는데… 인첸트로…도 안 돼."

하루는 곤란한 표정을 지었다.

빙결—빙하장막을 쓴 뒤 녹여서 사용을 해도 되긴 하지만, 그렇게 하면 마나 모두를 써버리게 된다.

아무리 회복력이 빠르다 해도 그건 무리였다.

다행히 수거반에서 생수를 가지고 있던 사람이 있어 받아 얼굴이나 손은 씻어냈다.

그러나 부족해서 가으하네는 그대로 악취를 풍기고 있었다.

'마나로 어떻게 뭐 만들 순 없나. 물… 같은 거.'

하루는 컨트롤로 마나를 요리조리 움직이며 이동을 했다. 그러다 문득 어느 정도 상공으로 올라가면 춥고, 물체가 얼 수 있다는 것이 생각났다.

높은 산이 시원하거나 추운 이유도 바로 그 때문이고 말이다.

'최대한…….'

퀴유우욱—!

"뭐하는 겁니까?"

"하늘에 몬스터라도……?"

갑자기 하루가 하늘로 이상한 마법을 쏘아버리니 다들 두려운 표정이었다.

잠시 적막, 하루는 뭔가 떨어지나 해서 계속 쳐다보다, 소용없는 짓인가 하고 그냥 고개를 도리질 치며 앞으로 걸어갔다.

"없어요. 그냥 실험을 좀……."

"혹시 위험한 상황이 생기다면 알려주시면 감사하겠습니다."

구걸하듯 머리를 숙이며 부탁을 했다.

이곳에 들어온 순간부터, 목숨은 알아서 챙겨야만 했다.

레이드나 사냥터에 와서 죽어가는 사람들은 한 둘이 아니다.

더군다나 하루는 그저 No.2의 레이드를 위해서 온 것일 뿐, 자신들을 보호할 의무는 없다.

만약 죽여도 별 할 말이 없는 것이다.

즉, 자신들의 목숨은 하루의 손에 달렸다 해도 과언이 아니었다.

"아직 그리 위험한 건 없어 보인다. 그나저나 그 크다는 몬스터는 언제 나오는 것이냐. 오우거 보다 강한가."

"가으하네, 오우거를… 봤어? 잡아 봤어?"

"당연하지 않은가, 이 몸이 잡지 못한 건 거의 없었다. 오우거는 막강한 힘을 지니고 있었지. 거대하고 나의 몸체 20배는 되었다."

"오우거 얘기를 너의 입에서 들으니 뭔가 많이 셀 것 같!!"

쿠우오아아아앙—!!

커다란 소리가 하루의 등 뒤쪽 좀 떨어진 곳에서 났다.

소리가 그린벨트 전 지역을 울릴 정도였다.

혹시 No.2 인가하고 생각하는 순간 하루에게 알림음이 들어왔다.

—강력한 수 속성 마법 '블리자드'가 생성되었습니다.

—수 속성 마법 '블리자드'의 습득으로 '아이스 스톰'이 생성됩니다.

블리자드

소모한 마나에 비례해서 날카로운 얼음송곳이 일정 범위 내에 있는 대상을 향해 마구잡이로 떨어진다.

15초 동안 해당 일정 범위의 대상들의 이동 속도가 30% 하락한다.

아이스 스톰

선택한 곳에 얼음 덩어리가 지능에 비례해서 생성된다.

10초 후 얼음 덩어리가 터지며 날카로운 파편들이 주변의 적들에게 날아간다. 일정 확률로 파편들도 터지며 추가 데미지를 준다.

"하하… 저건 신경 안 쓰셔도 될 것 같네요."

상당히 쓸 만한 스킬들이었다.

거대한 소리에 심장이 멎을 것 같던 약 20명 정도의 수거반과 경호원 사람들이 식은땀을 흘리거나 넘어져 있었다.

그들도 이런 커다란 소리는 처음일 것이라, 하루에게 마법이 생기고 파이어-버스터의 소리를 처음 들었을 때와 같은 느낌.

'블리자드는 최상위 마법으로 알고 있는데… 와…….'

자신이 생각해도 너무 사기 같다는 것을 알 수 있었다.

생각하는 마법으로 뭐 아이스 레인이라는 기본적인 범위 마법을 생각했는데, 하늘에서 내려와 땅바닥에 박힌 건 거대한 얼음 덩어리들이라니, 운이 좋았다.

"나… 기분이 나쁘다. 끈적거리고 더럽다."

"다 끝나고 씻자, 나도 지금 기분 별로거든."

모두가 마찬가지였다.

그러나 냄새가 코를 마비시킨 건지, 익숙해진 건지 냄새는 나지 않았다.

"그만 놀라 하고 이동하겠습니다. 어느 정도 남았어요?"

"그게… 방금 소리 때문인지 깨어났다고… 알았다. 통신 종료하겠다. No.2 가 이동하고 있다 합니다!"

CCTV로 No.2의 모습을 관찰하고 있던 직원과 통화를 하던 안내원이 소리쳤다.

그에 모두 분주해진 모습이었다.

정확히는 숨거나 하루에게서 좀 떨어질 준비였다.

대형 몬스터의 공격은 거의 광역으로 퍼지기 때문에 주변에 있다간 봉변을 당하기 십상이었다.

"멀어지고 있다고… 이제 얼마 남지 않았는데 말입니다."

"아… 그런 건 같이 좀 말을 해주시지."

"내가 잡죠. 먼저 가겠습니다."

가까이 있다는 말에 하루는 먼저 블링크를 썼다. 가으하네도 달리기 시작했다.

얼마가지 않아, 먼저 간 하루가 발견했다.

거대한 갈색 털을 지니고 숨 막힐 만큼 거대한 덩치를 가지고 있는 빅풋이었다.

"선공 먼저 해야겠지. 큽!"

강하게 데미지가 들어갈 수 있게 좀 더 빅풋에게 다가간 하루는 무작정 코를 틀어막았다.

오르크에게서 나온 피와 채액에 코가 익숙해졌는데, 그것보다 더한 악취가 풍겨오니 미칠 지경이었다.

'빅풋에 비하면 오르크는…….'

새 발의 피, 전설 속에서 설명 되어 있는 말이 맞았다. 빅풋은 냄새가 심각한 수준이었다.

발도 무슨 돌덩어리가 움직이는 듯 보였다.

"매직미러! 크흐읍!"

머리를 긁적이며 뒤돌아섰다.

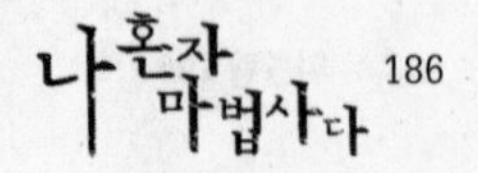

매직미러도 통하지 않는다. 이미 대기 중에 엄청난 냄새들로 가득했다.

더군다나 지금 하루가 서있는 곳은 CCTV가 빅풋을 관찰하던 곳이다.

빅풋이 세상모르고 자던 곳!

결국 익숙해지는 방법 밖에는 없었다. 이 고통을 잠시 후 수거반들도 겪게 되겠지 생각하니 한결 괜찮아졌다.

쿠웅. 쿠웅.

빅풋이 걸어 나갈 때마다 주변 식물들이 시들었다.

힘없이 꽃잎을 떨어트리는 것을 보면 안쓰러웠다.

하루는 입과 코를 막았던 손을 뗐다.

익숙해져야 했다. 익숙해져야 저 빅풋과 싸울 수 있었다.

"웨에엑."

가뜩이나 먹은 것도 없는데 토악질을 해댔다.

'어디… 어디 가는 거야.'

빅풋은 하루가 뒤에 있다는 것을 눈치 채지 못하고 어디론가 걸어갔다.

하루는 속이 울렁거림에도 블링크를 써가며 빅풋의 뒤를 쫓았다.

그러다 조금씩 편해지는 것을 느꼈다.

여전히 냄새가 나긴 했지만 서서히 적응이 되어가는 듯했다.

냄새나는 화장실에 들어갔다가 나올 때, 시원하다는 표정으로 나오는 그런 기분.

"빨리 가서 씻어야겠어."

하루는 여전히 뒤돌아 이동하는 빅풋의 뒤에서 파이어-버스터를 시전하며 노려봤다.

오준영은 휴가를 받아서 나왔다.

지금 몬스터들과의 전쟁이라고도 할 만큼 중요한 나날들이었지만, 특별한 힘을 가지고 있는 오준영은 예외였다.

특별 휴가라는 명목으로 동료들의 부러움을 한 몸에 받으며 나왔다.

"오소라!"

다행히 여동생은 살아 있었다.

서울에서의 약속이 취소되었었다고, 그 일이 있을 땐 친구들이랑 노래방이었다고 말을 했다.

전화를 받지 않은 것이 미웠지만, 그래도 실아 있다는 것만으로도 고마웠다.

"오빠, 우와… 멋있어졌네?"

"어, 어딜 더듬어!"

오소라는 오준영의 각 잡힌 몸을 손으로 한 번 훑었다.

친구들도 모두 오준영을 부러워했다.

안정적이라고 알려진 직업 군인에 잘생기고 몸까지 나이스였다.

"오빠, 저도 한 번 만져 봐도……."

"그냥 저랑 사귀는 게 어때요? 힘들지 않아요? 쉬어야 할 텐데… 침대에서."

귓가에 속삭이는 오소라 친구들의 악마의 속삭임에 오준영은 헛기침을 하며 단단한 버섯을 가라앉히기 위해 주문을 외웠다.

"김 수한무 거북이와 두루미, 삼천……."

"그만 안 해? 우리 오빠 놀리지 마. 내꺼니까, 가자."

오소라가 그런 친구들을 가만히 두고 있을 리 없었다.

자신을 목숨 같이 아끼고 얼마나 잘해주는데, 이런 여우 같은 애들에게 오빠를 넘길 수는 없었다.

허리를 구부정하게 하고 있으니 오소라의 친구들은 더더욱 오준영을 보고 재미있다는 듯 웃었다.

"가자니까 뭐해. 오빠?"

"자, 잠시만… 좀만… 1분 아니면 30초만……."

계속해서 소라의 친구들이 입고 있는 옷에 눈길이 갔다.

짧은 치마에 탱크탑, 혹은 나시에 야들야들한 팔까지 보였다. 좀처럼 가라앉지가 않았다.

남자라면 모두 공감할 것이다. 여자들 앞에서 이렇게 일어났다가는 더 우스운 꼴이 될 뿐이었다.

"근데 오빠. 다른 군인들은 다 휴가 같은 거 없다는데, 오빠는 어떻게 나온 거야?"

"응. 특별 휴가야 나만. 군대에서 나 없으면 안 되거든."

"소라야, 너희 오빠 설마 탈영이라든가……."

"그래. 요즘 막 군대에서 예전처럼 따돌리거나 때리고 그런다고도… 총 들고 탈영한 사람들도 있다던데!"

소라의 친구들이 놀라며 말했다.

사실 그럴 리는 없지만 잠깐 장난이라도 치려고 한 것이었다. 군대가 너무 힘들어서 능력치를 모두 민첩에 찍고는 탈영해버린 사람들도 꽤 있었지만, 대부분은 버텼다.

힘들고 짜증나는 군 생활이지만 그렇게 나쁜 환경은 아니었다.

"오빠, 괜히 하는 소리야. 주말에 항상 군인들이 길거리에 넘쳤는데 이젠 그러지 않아서 오빠가 신기한 거야. …오빠 마법사처럼 막 무슨 능력 있어?"

"별거 없어. 마법사라니… 그 정돈 아니야."

일단 오준영의 존재와 능력은 별로 알려지면 안 되는 기밀이었기에 오준영은 어물쩍 넘어갔다.

'다시 만나고 싶은데. 마법사…….'

오준영은 게소 사라나의 앞에서 만난 이하루의 모습을 생각하며, 여동생과 함께 휴가를 즐기기 위해 나갔다.

에피는 정확히 채령을 포함해 모두를 쳐다봤다.
한 손엔 바나나껍질이 들려 있었다.
맞아봐서 알지만, 일반 다크 몽키들의 바나나도 고통이 심했다.
더군다나 그것보다 크고 단단해 보이는 에피의 바나나 껍질이 자신들을 강타하면 얼마나 아플까… 상상도 하기 싫었다.
우끼익!
"피해!!"
조준호가 소리쳤다.
그 소리는 채령에게 향하고 있었다.
강속구로 날아오는 바나나 껍질을 피해야 했지만, 잠시 딴 생각을 하던 채령이 발을 움직일 땐 이미 늦어보였다.
쿠웅!
채령이 두 눈을 꾹 감았다. 바나나 껍질이 자신에게 올 것이라 생각했다.
그러나 아무런 고통도 없었다.
눈을 뜨자, 채령의 앞에 있는 건 말랑이었다.
거대화를 쓰고서 바나나 껍질은 그대로 맞은 것이다.

웨어울프들과 했던 특훈에서 배웠던 흘리기 기술을 써서 다행히 큰 데미지는 입지 않았다.

비켜나가 바닥에 박히는 바나나 껍질이었다.

"말랑아……."

"뭐, 뭐해! 모두 공격해라!"

"너희들도 얼른 정신 차려. 죽기 싫으면!"

조준호가 제일 먼저 소리치고, 류태우가 에피에게 달려가며 소리쳤다.

말랑이는 헥헥 혓바닥을 내밀며 숨을 들이 키고 있었다.

채령을 지키며 생긴 상처가 얼얼한 것이었다.

채령은 다행히 아무 피해도 없었다.

그렇기에 남들에게 피해가 되기 전에 정신을 차리고 채찍을 휘둘렀다.

"좀 더 정신 분산시켜, 근딜들! 호크!"

삐이이이—!

조준호가 명령을 내리며 호크를 불러냈다.

호크가 조준호의 머리 위를 빙글 빙글 돌았다.

"천령시—"

하얗게 변하는 조준호의 눈, 호크를 펫으로 만들면서 얻은 스킬이었다.

하늘 천, 귀신 령, 볼 시. 하늘이 내린 귀신을 본다는 뜻의 스킬 명이었지만 효과는 달랐다.

치명률과 명중률, 힘과 민첩성을 대폭 늘려주고 화살의 소비를 잠시나마 하지 않고 줄만 튕겨도 화살이 나갈 수 있게 되는 사기 스킬이었다.

물론 아끼고 아끼던 스킬이었다.

무려 일주일 동안 모든 능력치가 70% 하락, 체력 100이 영구히 사라진다는 아주 안 좋은 조건이 필요했다.

최대 지속 시간은 30분. 그 안에 끝내야 했다.

"일점사. 어그로 꽉 끌어!!"

조준호가 활의 시위를 미친 듯 튕겼다.

그럴 때마다 빨간 화살들이 에피를 향해 정확히 날아갔다.

채령은 그런 조준호의 모습을 볼 수가 없었다.

에피가 바닥에서 쿵쿵 뛰며 충격파를 내보냈다.

본능적으로 보이는 투명한 힘을 피하기는 했지만, 꼬리 또한 언제 날아올지 모르기 때문에 눈을 땔 수가 없었다.

살랑거리며 간을 보는 것이 왠지 쓸 것만 같았다.

마음을 졸이며 공격 하다 보니 몸에 더욱 긴장이 갔다.

"크윽! 원래 이렇게 강했나?"

"충격이 심하다. 얼른 잡아야 한다!"

류태우가 견디기 힘든지 신음을 흘렸다.

어느새 에피의 앞으로 간 말랑이도 마찬가지로 힘겨워 보였다.

"조금만… 조금만 더!"

꼬리를 쓰는 순간이 에피의 체력이 얼마 남지 않았다는 수신호로 알고 있다.

레이드 사냥을 해본 자들의 정보였기에 믿을만했다.

실제로 지금도 아직 꼬리로 위협을 할 뿐 공격을 하진 않았다.

빠른 주먹과 발길질로 길길이 날뛰는 에피의 눈에, 조준호의 빨간 화살이 적중했다.

한 쪽 시야가 완전히 날아가고 크리티컬까지 터졌다.

지금이 더할 나위 없이 좋은 기회였다.

"모두 고, 공격!! 지금이 기회다!"

에피의 체력을 많이 빼낼 수 있는 타이밍이었다.

여러 개의 불덩이들이 빅풋을 향해 날아갔다.

거대한 등짝에 박히는 것만 봐도 참으로 시원한 모습이었다.

괜히 이가 떨어지진 않을까 걱정이 됐다.

퐈아아—

왠지 시원섭섭한 소리를 내며 빅풋의 시선을 이끌었다.

"뭐, 뭐야."

빅풋이 간지럽다는 듯 등을 긁적이며 느릿한 모습으로 뒤돌아서 하루를 쳐다봤다.

하루의 입은 떡 벌어졌다.

설마 하는 표정 밖에는 지어지지 않았다.

빅풋이 천천히 하루에게로 걸어왔다.

쿵. 쿵. 쿵.

그에 하루는 계속 해서 파이어―버스터와 시져 니들, 아이스 스톰까지 써본 후, 자신의 생각을 확인했다.

"마, 마법 저항……?"

'다 막힌다. 마법이 다 막혀……?'

여전히 입을 벌리고 당황 할 수밖에 없었다.

한 번도 이런 적은 없었다. 마법 저항이라니! 말이 되지 않았다.

하필이면… 이럴 일은 있을 수 없는 일이다.

마법사가 마법을 쓰지 않는다면 어떻게 되는가, 그냥 약해 빠진 허수아비 꼴이었다.

"뭐해, 내가 먼저 공격한다."

넋 놓고 뒷걸음을 치며 뭘 어떻게 해야 하는지 고민하는 순간 가으하네가 달려왔다.

대검을 뽑으며 그대로 걸어오고 있는 빅풋에게 검격을 날리고 오러가 쓰인 검을 휘둘렀다.

조금씩 상처가 나긴 했지만 그리 큰 상처들은 아니었다.

"네 놈의 가죽이 많이 질기구나!"

마구잡이, 가으하네는 좀 더 속도를 올리며 몸의 검은 기운들까지 끌어올렸다.

사람이 체력을 쓴다면 가으하네는 이 검은 기운들을 사용하는 듯 했다.

하루는 정신을 차려야만 했다.

가으하네의 공격조차도 잘 통하지 않는다. 가죽이 질기고 강하다는 것은 인정을 해야만 했다.

마법보다는 직접 하는 근접 공격이 잘 통하긴 통하는 모습이었다.

"착검, 대쉬—"

그렇다면 남은 방법은 페나테스로 공격을 하는 것뿐이었다. 하루의 인영이 빅풋에게로 날아갔다.

그런 하루를 발견 하고 빅풋이 손으로 쳐내려 했다.

블링크로 가볍게 피한 하루는 빅풋의 뒤에서 페나테스를 몸에 꽂았다.

그 순간 화(火) 속성까지 페나테스에 인첸트 했다.

화륵!

타오르는 빅풋의 살과 털, 데미지가 있었는지 '웅' 하며 이상한 신음을 흘리며 몸을 흔들었다.

가으하네도 성과가 있어 보이니 더욱 열심히 검을 휘둘러댔다.

"크허얽… 읅……."

"오 이런… 시…ㅂ… 우웩."

수거반도 도착을 했다. 처음 하루가 도착했을 때와 같은 모습이었다.

지독한 냄새, 그리고 지독하게도 기분이 나쁜 눅눅함이었다.

처음, 세상이 게임화가 되고 빅풋을 발견할 당시 이런 냄새 따위는 아무런 문제가 없었다.

몬스터에게 총이 통하지 않는 다는 것을 아직 모를 때였으며 육탄전으로 죽이려고도 했으나, 질긴 가죽을 뚫을 수는 없었다.

1레벨에 드래곤을 잡는 격이 바로 이 때 빅풋을 잡는 것이었다.

'정보에 의하면… 그때는…….'

안내원은 정확히 그 때를 기억하고 있었다.

그 끔찍한 순간순간들에서 살아남은 몇 안 되는 사람 중 하나였기 때문이다.

빅풋은 저렇게 느리지 않았다.

크기가 크긴 했었지만 저 정도는 아니었다.

그리고 그 크기와는 다르게 몸을 빠르게 움직이며 공격을 하는 것이 생각에 남아 있었다.

그런데 눈앞에 있는 빅풋은 그냥 크기만 크고 가죽만 질긴 곰탱이로 밖에는 보이지 않았다.

크롸롸아아!

"크읍?!"

하루는 신음을 삼키며 잠시 떨어졌다.

몸집이 커졌다 작아졌다 하는 시각적 효과가 나타나며 괴성을 지르는 빅풋에게서 위화감이 들었다.

가으하네도 마찬가지였다.

본능이 몸을 움직이게 만들었다.

—죽인…다. 크롸아하하.

약간 작아졌다. 원래 하루가 봤던 빅풋의 몸집의 1/3이 줄어들었다.

그럼에도 여전히 약간 컸지만 달라진 건 확실했다.

언어를 구사하며 털로 덮여 있던 얼굴이 보이며 생생한 표정이 들어났다.

이번엔 먼저 팟, 하고 움직이며 빅풋이 달려들었다. 전형적인 격투가 스타일이었다.

거대한 몸집을 빠르게 움직이고 있으니 더욱 공포스러웠다.

하루를 노리긴 했지만, 블링크로 피하는 하루를 제대로 공격할 수 있을 리가 없었다.

"컨트롤!"

물론 하루, 가으하네도 빅풋의 몸을 스치는 공격만 할 뿐이었다. 그러던 중 하루가 마나로 빅풋을 묶으려는 시도를 했다.

마법 저항은 있으나 몸에 데미지를 주는 것만 아니라면 괜찮지 않은가 하는 생각이었다.

결과는 만족스러웠다. 마나늘이 빅풋을 옥죄었다. 하루가 좀 더 마나를 써서 묶으려 했지만 빅풋은 금방 빠져나왔다.

'잠시 멈출 순 있지만… 계속은 안 된다.'

여전히 빅풋은 가으하네를 무시하고 하루에게 다가갔다. 하루도 이제 피하기만 할 생각은 없었다.

하루를 향해 뻗는 팔에 하루는 페나테스를 한 쪽 겨드랑이에 끼고 빙글 돌며 피했다. 바로 찌르고 좀 더 데미지를 주기 위해 페나테스를 돌렸다.

파고드는 페나테스, 그에 창 끄트머리를 손바닥으로 쳤다. 깊숙이 박히게끔 말이다.

고통스러운 빅풋이 빠르게 손을 흔들고 창을 꽂고 있었던 하루가 바닥에 떨어졌다.

"크윽!"

내려치는 빅풋의 주먹에 바닥이 뒤집히며 갈라졌다. 공중으로 뜨는 하루, 충격이 고스란히 전해졌다.

매직미러를 쓸 새도 없었다.

연계된 공격이었기 때문이다. 그럼에도 하루의 체력은

미미한 수준으로 떨어졌다.

예전과 같이 기절이라도 한다면 위험했다.

'상처들도 많고… 지금이라면.'

가으하네와 하루의 공격으로 인해 작거나 깊은 상처들, 벌어진 빅풋의 가죽 틈도 있었다. 지금이라면 마법이 통할 것 같았다.

"블리자드—!"

좀 전에도 바닥에 닿기까지 시간이 걸렸으니 이번에도 그럴 것이다 생각하고 하루는 새로 생긴 블리자드를 시전한 뒤, 빅풋의 상처들만 골라서 마법을 썼다.

효과는 상상이상이었다.

상당히 고통스러워하며 몸을 베베 꼬고 있는 빅풋이었다.

하늘에서 뭔가 떨어진다는 느낌과 함께 그림자가 생겨났다. 거대한 얼음 덩어리의 그림자.

하루는 멍하니 떨어져서 볼 수밖에 없었다.

빅풋의 아래에 마법진이 생겨났다. 흐물거리긴 했지만 분명 마법진이 확실했다.

"설마, 게소 사라나?!"

마법진은 게소 사라나와 싸웠을 때 밖에 보지 못했다. 하루가 그릴 수 있거나 쓸 수 있는 스킬도 아니었다.

이제 곧 하늘에서 얼음 덩어리가 떨어져 박힐 차례인데,

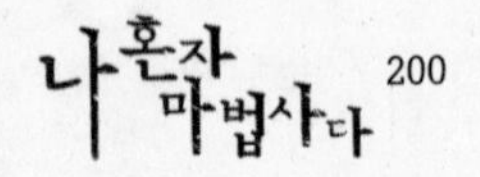

빅풋의 모습이 희미해지며 마치 마법진으로 빨려가듯 사라지는 것 같았다.

쿠과과과광!!

하얗게 얼음 파편들이 튀며 시야를 흐렸다. 하루도 두 눈을 감고 이게 무슨 일인가 기다려 보는 수밖에 없었다.

"이게 무슨……."

하루의 앞엔 전혀 다른 몬스터가 떡하니 누워 있었다.

조심스럽게 수거반들이 다가왔다. 아무 소리가 나지 않자 전투가 끝났다 생각한 것이었다. 두 다리 멀쩡하게 하루도 서있고 말이다.

몬스터를 보고는 안내원을 맡았던 직원이 놀랐다.

"왜, 왜 에피가……?"

"뭐야, 빅풋이 아니잖아. 얼로 사라진 거야?"

"저기. 에피… 이 몬스터를 알아요?"

하루는 심각한 표정으로 물었다.

만약 다른 곳으로 사라졌다면 아직 살아 있는 것이었다.

"에피, 중형 몬스터로 폐쇄 지하철에서 서식하는 원숭이형입니다. 아! 그 지하철 위에 아직 사람들이 사는데!"

"빅풋 덩치가 그 지하철 안에 다 들어갑니까? 아니라면 그 사람들에게 피해가 갈 텐데."

"들어갈 리가 있겠습니까, 여기 이 에피가 그럭저럭 잘 움직일 정도인데 대형 몬스터인 No.2가 그곳으로 간다면…….”

“천장이 내려앉겠군요. 사람들 피해는 당연하고. 빨리 안내 하세요!”

대형 몬스터, 그것도 하루와 가으하네가 힘겹게 싸울 정도면 폐쇄 지하철 주변에 있든 없든 다른 사람들의 공격은 모래 가루를 맞는 듯한 느낌만 들 것이다.

어서 빨리 이동을 해야 했다.

‘페나테스도 아직 그 녀석 몸에 박혀 있는데!’

무기 걱정도 됐다.

놀란 건 채령과 조준호가 있는 폐쇄 지하철 쪽도 마찬가지였다.

흐물거리는 마법진이 생기고, 빅풋이 사라졌을 때와 비슷한 증상이 나타나고 에피는 사라졌다.

—크롸아! 다 죽인다아!

“이런 미친!”

그리고 거대한 빅풋이 폐쇄된 지하철을 뚫고 올라갔다. 빅풋과 에피, 둘의 위치가 바뀐 것이었다.

“왜, 왜 이러는 건데!”

“시간이 없다. 일단 피해! 피해서 상황을!”

천장의 돌덩어리들과 철골들이 무너져 내렸다. 빅풋의 크기는 너무나 컸다. 허리를 피자 이미 밖의 땅바닥, 그 바닥을 짚고 올라가는 빅풋이었다.

"꺄아아아!"
"도망쳐, 도망!!"
난리가 났다. 지하에 몬스터 소굴이 있는 것은 알았지만 올라올 거라고는 생각지도 못했다.
사람들은 도망을 치다가 빅풋에게 자잘한 상처들이 있는 것을 발견했다.
폐쇄된 지하철에 있는 채령과 말랑이, 조준호와 로벨리아 대원들은 일단 상황을 보기로 했다. 밖으로 나가는 출구 쪽으로… 떨어지는 덩어리들을 피하며 달렸다.
'천령시가 곧 있으면 풀리는데!'
큰일이었다. 모든 걸 쏟아 부어서 에피를 처리하고 빠르게 폐쇄된 지하철을 빠져나올 요량이었지만 틀렸다.
이상한 몬스터가 튀어나온 것이었다.
"냄…새가… 읅!"
"계속 호흡해라. 익숙해져야해! 으악!"
빅풋의 냄새는 여전했다.
지하에 있는 사람들과 위에서 도망치거나 구경을 하는 사람들에게도 똑같은 고통스러운 냄새가 풍겼다.
사람들은 거의 쓰러져서 기어서 가듯 했다. 특히 고통스러운 것은 말랑이었다.

'저건… 주인님?!'

채령이 인상을 쓰며 빅풋의 옆구리 쪽에 박혀있는 창 하나를 발견했다. 많이 보던 창이었다.

하루의 페나테스라는 것을 바로 알아봤다. 무슨 일을 하고 있었다는 생각을 했다.

"좀만, 좀만 버티고 있으면 될 거에요! 주인님이 와요! 주인님!"

"무슨 말이야, 채령아?"

고통스러워하며 고영희가 물었다. 아픈 게 아니라 후각이 미칠 것 같았다. 채령의 주인님이라는 것은 마법사, 이하루라는 건 알고 있었다. 이미 전부 다 알고 있는 사실이었다. 조준호도 채령의 말을 듣고 눈이 빛났다.

'잠시라면… 가능하다.'

"좀 더 빨리는 못 갑니까?"

하루가 인상을 쓰며 안내원과 경호원들을 재촉했다. 빅풋이 있는 곳에 얼마 있지 않아서 생긴 일이라 다시 되돌아가기에 체력이 좀 부족했다.

그렇다고 그냥 내버려두고 가기엔 이 사람들의 몸이 너무 허약했다.

군대에서도 힘겹게 살아남는다고 알려진 곳인데 이 사람

들은 오죽할까, 또한 경호원이라고 해서 강한 것만은 아니었다.

좋게 말해서 경호원이지 나쁘게 말하면 총알받이였다.

"지원 요청 했습니다. 곧 헬기가 올 겁니다. 그린벨트만 좀 빠져나가면 됩니다."

"안쪽으로 와야 할 것 같은데. 지금 사람들이 죽어나갈 수가 있다고요."

"그쪽으로도 이미 병력을 보냈다 합니다. 다행히 가까운 곳에 괜찮은 능력자가 있어서……."

하루는 한숨을 쉬며 같이 이동을 했다. 불안하고 초조했지만 지금은 어쩔 방도가 없었다.

얼마 지나지 않아서 헬기 소리가 들리기 시작했다. 이어서 다른 헬기들도 오고 있었기에 하루와 가으하네가 먼저 올라타고 이동을 시작했다.

한 편, 빅풋이 있는 곳은 아수라장이었다. 이미 집들이 부셔지기 시작한건 물론이고 몇 명의 사상자가 나왔다.

"상처, 상처를 공격하면 쓰러질 수도 있습니다! 여러분!!"

"무슨 소리야, 대형 몬스터라고! 마법사라도 와야지!"

"올 때까지라도 버텨야지 이 뚱땡이 아줌마야!"

하나 둘 상처를 발견하기 시작했다. 눈썰미와 하루가 나온 동영상을 본 사람들은 옆구리에 꽂혀 있는 페나테스도 발견하기에 이르렀다.

"온다. 분명히 와! 무슨 일인지 모르지만 저건 이하루 창이다!"

"쓰러트리면 저건 내꺼다!"

"버틸 수 있다. 모두 싸워라!"

갑자기 사기가 올라갔다. 그 모습을 조준호도 좋은 징조로 보고 있었다. 때마침 전투복을 입은 군인들도 등장을 했다.

많은 사람들이 모이니 빅풋도 당황한 듯 움직임이 눈에 띄게 어색하고 어설퍼졌다. 무의식으로 긴장을 한 것이었다.

"자리 잡아. 마법사 이하루가 올 때까지 버틴다!"

원딜러들이 둥글게 빅풋을 중심으로 자리를 잡았다. 근딜러들도 다가가서 주변을 둥글게 해서 막는 포지션으로 빅풋에게 다가갔다.

"공격, 공격!"

"와아아아아아아—!"

빅풋이 바닥을 차면서 지반을 뒤집어버렸지만 피해가 있었지만 사람들은 공격을 멈추지 않았다.

"한 곳만 때리면 얼마나 아픈지 보여주자!"

"잔인하지만 우리가 살아야한다. 한 곳만 때려, 막으면 다른 한 곳!"

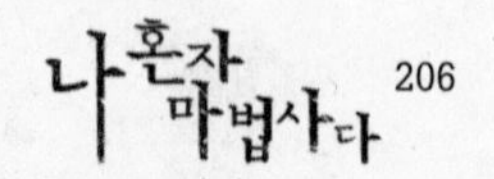

다들 최선을 다하는 가운데 방패를 든 자가 나타났다. 이하루 다음으로 인기가 생겨나고 있는 오준영이었다.

급하게 연락을 받고 휴가 상태에서 달려온 것이었다. 온몸은 이미 갑옷으로 덮여있었고 사람들은 오준영을 '쉴더'라고 불렀다.

지켜주는 사람이라는 뜻의 '쉴더'라는 별명은 각지로 퍼져나가고 있었다.

오준영까지 나타나자 사기는 더 활활 타올랐다. 왜 전장에서 사기가 그렇게 중요했는지 몰랐던 사람들은 이번 경험을 통해 알게 되리라.

"그레이트 쉴드―"

"자리 잡았다. 시위 당겨!"

쿵. 쿵. 쿵. 쿵!

갑자기 생겨난 커다란 방패를 본 빅풋은 무작정 쳐댔다. 위험한 것이다. 자신의 공격이 통하지 않는다 생각이 들었다.

오준영에게 가는 피해는 거의 없었다. 이미 방어력을 최대로 올리고 있는 오준영은 뱀파이어 로드 시르패나 웨어울프 로드 어르서퍼가 몇몇 스킬을 쓰며 공격을 해야지 피해를 좀 입을 정도였다.

"어딜, 역린!"

거꾸로 난 비늘이란 스킬이었다. 거대한 오준영의 방패

앞에 거꾸로 된 방패가 또 하나 생겨났다.

오준영의 유일한 공격 스킬이었다. 공격력 자체는 별로 없었지만 공격이 묵직해서 소형 몬스터들이나 중형 몬스터들에게는 쓸 만했다.

더군다나 방어와 공격을 동시에 할 수 있었다. 마법사로 치면 더블 캐스팅인 셈이었다.

—죽일 거다. 용서 안 할 거다! 크롸아아!

미친 듯 헤드뱅잉을 하며 빅풋이 날뛰었다. 사방으로 퍼지는 충격파, 아무리 오준영이라 해도 그것까지 막아줄 순 없었다.

날아가다시피 하는 사람들, 그 중에 오준영만이 버티고 있었다.

'주인님이 빨리 와야 할 텐데…….'

채령도 채찍을 휘두르며 하루를 기다렸다. 빨랐지만 빅풋의 동작이 큼지막하게 범위 공격들로만 이루어져 있어서 피하기가 나름 쉬웠다.

"더는… 크윽. 안 돼. 마법사는 도대체 언제……."

"이제 한계야. 도망, 도망쳐야해!"

하나 둘 사람들이 떠나가기 시작했다. 원하던 하루가 나타나지 않았음과 죽어가는 사람들이 속출했기 때문이다. 정상적인 멘탈을 지니고 있는 사람은 그 시체를 보고 있지도 못할 것이었다.

조준호도 마찬가지로 한계라 생각했다. 데미지가 들어가긴 하지만 저 대형 몬스터는 자신을 쳐다보고 있지도 않았다.

근딜러들이 어그로를 잘 잡고 있는 것도 있었지만 그래도 한계였다. 신명시도 이제 곧 풀릴 시간이었다.

조준호가 활을 내려놨다. 손가락이, 팔이 얼얼했다.

'끝인가……?'

"더, 좀만 더 버텨요!"

"주인 곧 올 거다. 그때까지만 잡아놓는다. 난 죽지 않는다!"

채령과 말랑이가 소리쳤다.

조준호가 다시 활을 들어서 빅풋에게 겨눴다.

"무언가를 더 오래 기다릴수록 그걸 가졌을 때 더 감사한 법이지. 그렇게 값진 것이라면… 기다릴 만하다. 호크! 일점사!"

후두두두두.

부들거리는 손으로 활시위를 당길 때, 하늘에서 헬기 소리가 들려왔다. 사람들의 얼굴에 미소가 지어졌다. 푸른색 갑옷, 저 높이에서 뛰어내리는 사람은 한 명 밖에 없었다.

"와, 왔다. 이하루!"

"마법사!!"

절망이 희망으로 바뀌는 순간이었다.

에벰이 갑자기 소리를 지르며 라헤르를 불렀다. 천지개벽할 정도로 커다란 음성에 라헤르는 바로 에벰이 있는 차원의 틈사이로 왔다.

"저게 뭐지?! 차원을 뒤틀어?"

"내가 한 짓이 아니야. 말도 하지 않고 내가 그럴 리가 없지. 에벰, 지구에 그 녀석들이 있을 수도 있다."

"그 녀석이라니, 누구를 말하나."

"이 정도로 움직일 정도면… 그 녀석들 중 하나지. 나에게 도전한 녀석들."

아무리 지구 이곳저곳을 쳐다봐도 이상한 낌새를 보이는, 라헤르가 말한 놈들은 보이지 않았다.

메르헨에서 넘어온 존재가 빅풋과 에피를 이동시킨 것이었다.

"일정한 힘을 더 찾지 않는 이상은 모습이 보이지 않지. 헛수고지."

"도대체 무슨 일이었던 거지?"

"나중에 설명하지, 일단 저…것 먼저 막아야하지 않겠는가."

라헤르가 가리킨 곳들엔 커다란 구멍이 나있었다. 흔히

듣 말하는 싱크홀이었다.

깊이를 가늠할 수 없는 넓이와 높이었다.

"좀 전 힘 때문에 아무래도… 이상이 생긴 것 같네."

"난 이만 가도 되겠지. 에벰. 그들이 힘을 되찾기 시작한다면… 내가 굳이 열지 않아도 그들이 차원을 열수 있을 거야."

"골치 아프군. 이만 가봐, 라헤르."

에벰은 고개를 도리질하며 빅풋이 있는 곳과 마법을 쓰고 있는 이하루, 여러 곳곳의 싱크홀들을 쳐다봤다.

'미치겠군. 이거 참…….'

하루는 헬기에서 떨어짐과 동시에 플라이를 썼다. 다소 늦은 감이 없잖아 있었지만 더 큰 피해가 생기기 전이었다.

블링크를 써서 빅풋의 가까이로 온 하루는 우선 페나테스가 잘 있나 확인을 했다.

다행이 떨어지지 않고 그대로 꽂혀 있었다.

많은 사람들이 빅풋을 붙잡아 두고 공격을 하고 있었는지 그제야 풍경들이 눈에 들어오기 시작했다.

죽어 있는 사람들, 아직 빅풋의 공격을 막아내고 공격하고 있는 사람들, 익숙한 얼굴들이 보였다.

'채령, 말랑이?'

왜 여기 있는지 의아했다. 사냥을 간다더니 중형 몬스터 에피를 잡으러 간 것이었나 했다.그래서 지금 이 일에 휘말린 것이고 말이다.

다행히 다친 곳은 그다지 없어 보이는 듯 했다. 처음 보는 말랑이의 거대화에 신기해하기만 했다.

"파이어—버스터. 아이스 스톰……."

빅풋이 다른 곳에 시선이 뺏겨 있을 때였다. 하루는 마법들을 한꺼번에 퍼부어버렸다.가까운 곳에서 사용했기 때문에 등에선 화끈함이 느껴지고 몇 초 뒤면 따가워 미칠 것이라 생각했다.

원래 상처는 뜨거우면 뜨거울수록 아픈 법이었다. 그것을 식힐 때도 아프고 말이다.

크, 크롸아아아!

빅풋의 자신의 몸을 이리저리 긁으며 고통스러워했다. 하루가 빠르게 다가가서 페나테스까지 확 뽑아버렸다. 그제야 흘러나오는 빅풋의 피.

"이게… 마법사……."

오준영이 중얼거렸다. 뭔가 단번에 탁탁 처리되는 느낌이었다. 한 번 만난 적이 있었지만 그때보다 뭔가 숙성된 듯한 느낌을 받았다.

하루는 아직 빅풋이 처리 되지 않았음에도 채령에게로 걸어갔다.

"채령, 말랑이 너희 둘 다 왜 여기 있어?"

"그게… 사냥을 나와서……."

"수인. 아직 저게 죽지 않았다. 처리를 먼저 해야……."

쿠우우우우!!

하루를 떨어트린 헬기가 급히 방향을 틀었다. 거대한 그림자들이 보이기 시작한 것이다. 인간의 위험에 대한 감지였다.

"죽을 거야. 남은 마나를 다써버렸거든."

빅풋의 머리 위로 떨어지고 있는 것은 얼음 덩어리들이었다.

핵폭탄이 떨어지는 듯한 광경에 빅풋만 고통스러워하고 있었고, 다른 사람들은 목이 꺾어질 듯 하늘을 올려다봤다.

"난 아직 다 싸우지 못했는데 죽겠군. 정말이지… 대단하군."

가으하네가 언제 왔는지 하루의 뒤편에서 아쉽다는 듯 입을 다셨다.

거대한 파괴음을 내며 열 개 정도의 얼음 덩어리가 빅풋을 강타했다. 더 이상 빅풋의 소리는 들리지 않았다.

—빅풋을 처리하셨습니다. 자동으로 '저항의 룬'이 루팅

됩니다.

—룬 페이지가 생성되었습니다. 룬은 이기기 힘든 몬스터를 처리했을 때 적은 확률로 습득할 수 있습니다.

저항의 룬

마법을 80%, 물리 공격을 30% 저항할 수 있다. 룬 페이지에 저장할 수 있으며 무기나 방어구, 장신구에 장착이 가능하다. 장착은 대장장이 장인을 통해서만 가능하다.

"아… 그래서 빅풋이……."

무려 80%나 마법을 저항하는 아이템이었다. 그러니 빅풋에게 하루의 마법은 그저 간지러울 뿐이었다.

만약 빅풋의 가죽을 찢지 않고, 상처도 내지 못하고 마법만 써댔다면 지는 것은 하루였을 것이다.

그나저나 대형 몬스터 정도를 잡으면 이런 룬들이 나온다는 정보는 뜻밖의 수확이었다.

거대한 빅풋의 시체가 넘어지자 수거반이 헬기를 끌고 달려왔다. 사람들은 구경만 했으며 하루를 칭송하고 있었다.

"수거해 가겠습니다."

"그러세요. 입금은 바로."

"알겠습니다."

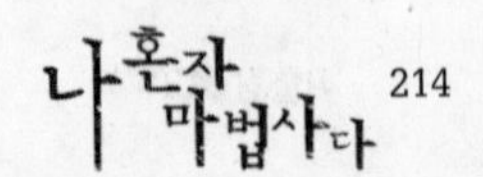

수거반 중 한 명이 다가와 하루에게 말하고 헬기에 줄을 묶어서 시체를 수거해갔다.

그 누구도 시신에 대한 말은 하지 못했다. 하루가 죽인 것이기 때문이었다.

좋지 않은 소문이 가뜩이나 돌고 있는데 기분을 잡치게 하는 것은 누구나 꺼려했다.

"가자."

"주인님, 잠시 만요."

채령이 잠시 하루를 세우고 누군가에게로 뛰어갔다. 바로 조준호였다.

하루도 조준호의 얼굴을 알고 있었기에 채령과 무슨 관계인지 설명을 들을 필요가 없었다.

하루가 다가가자 조준호의 얼굴이 굳어졌다.

"나 말고 채령이에게까지 수작을 부리는 건가?"

"아닙니다. 단지 사냥을……."

"가자, 채령아. 아직 정보를 확신할 수는 없으니 그쪽은 믿지 못합니다. 확인된다면… 들어가도록 하죠. 로벨리아에."

하루가 채령의 손을 이끌었다. 그 순간 갑자기 뚝. 뚝. 끊기는 느낌이 들었다.

모든 시간은 멈춰 있고 어떤 한 인물만 멀리 움직이는 것이 보였다. 그것도 잠시, 우뚝 멈춰선 하루의 손을 이번엔 채령이 당겼다.

"뭐해요? 어서 가서 씻어요. 냄새!"

"아, 어 그래. 가야지."

하루는 잘못 느낀 건가, 착각인가 했다. 이내 머리를 털어버렸다.

'피곤해서 그런 거야. 피곤해서.'

빅풋의 사냥 장면은 위험한 뉴스에서 그날 생방송으로 방영되었다.

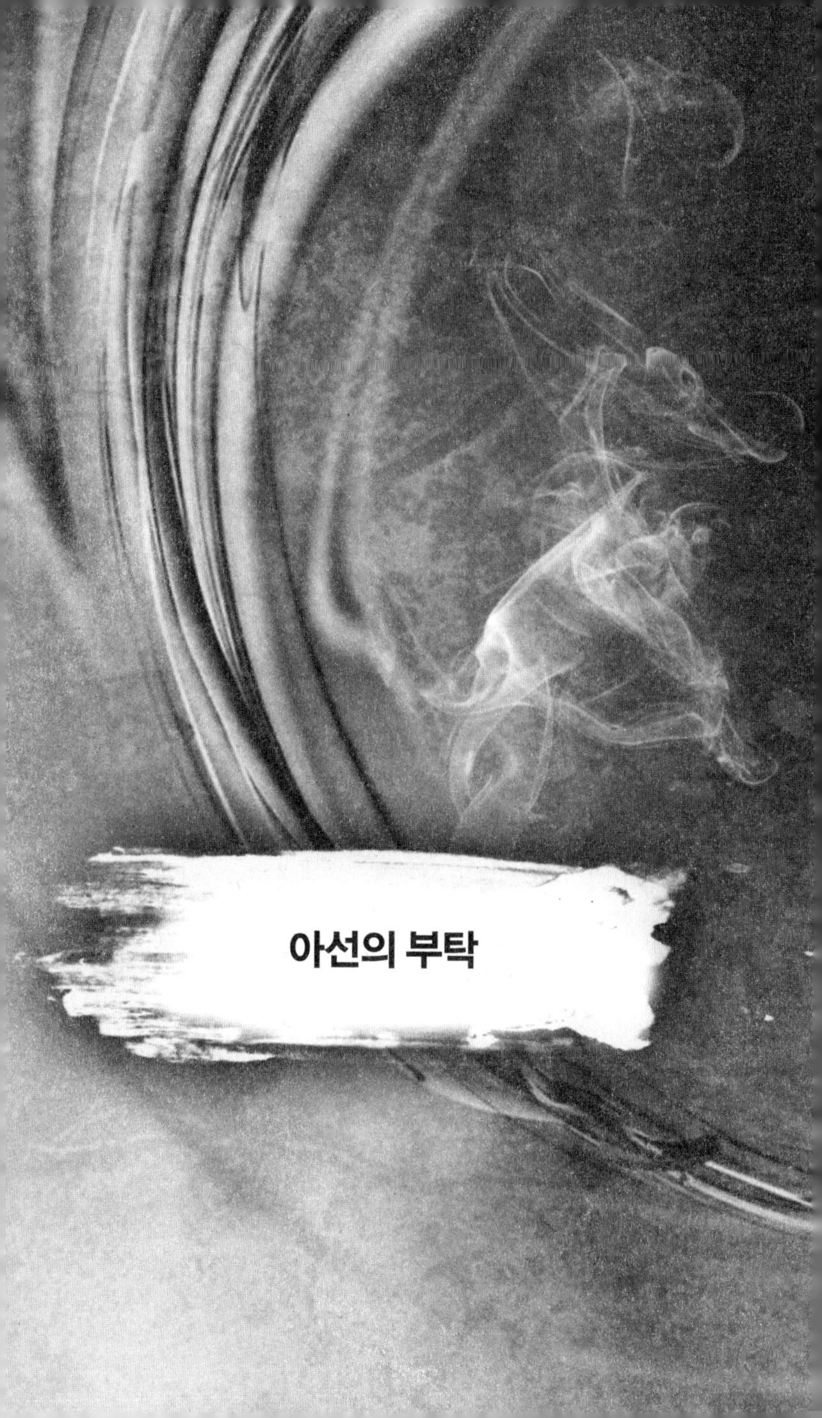
아선의 부탁

언제나 갑자기 나타나는 커다란 사건들 덕에 한국은 조용한 날이 없었다.

2억이란 돈이 세금을 때고 하루의 통자에 들어왔으며 ∀에 대한 정보는 아직 시간이 더 필요하다 연락이 올 뿐이었다.

빅풋이 난장판을 만들어 놓은 곳은 애도의 물결과 여러 사람들이 봉사를 시작해서 빠르게 복구가 되어가는 중이었다. 군대에서도 와서 도와주는 것은 물론이었다.

"자… 이제 그 녀석들을 잡으러 가야 하는데."

No.2 빅풋을 잡은 뒤에는 아선 아저씨의 부탁을 들어주겠다는 계획을 적극적으로 밀고 갈 생각이었다.

지금 하루에겐 살인에 대한 경계심이나 거부감은 없었다.

'박이정, 오정근.'

아선 아저씨의 딸, 이선혜를 강간한 놈 다섯 명 중에서 남은 두 명이었다.

지금쯤 잘 살고 있을지 어떻게 살고 있을지는 몰랐다. 아직 학교를 다니고 있을지 양아치답게 학교 땡땡이나 치고 어디서 범죄 같은 것이나 저지르고 있을지 상당히 궁금했다.

"이젠 계속 따라다녀, 알겠지? 자꾸 따로 다니니까 이상한 일에 휘말리기나 하고 말이야."

"주인님, 그 사람은… 그냥 같이 사냥만 한……."

"됐어. 그런 말 필요 없고. 가야지, 동두천 지역으로."

오랜만에 가는 곳이었다. ∀에게서 도망칠 때 한 번 갔었던 곳이기도 하고 지하철에서 지영도 만나고 아선까지 만난 곳이었다.

지금은 그냥 추억 속에 묻어 놓은 옛날 얘기일 뿐이었지만 유언을 실행에 옮겨야지만 마음이 편해질 것 같았다.

하루와 가으하네, 채령, 말랑이는 지하철에 올라탔다. 정말이지 사람들이 꽤 많이 보였다.

특히 하루 일행을 쳐다보긴 했지만, 더 특이한 사람들도 많았다.

예전에는 생각지도 못한 풍경이 펼쳐져 있었다. 테이머들과 전사, 궁수, 어쌔신 등 자신이 무슨 클레스를 지향하고 있는지에 대해 자세히 알려주는 각자의 장비들을 착용하고 있었다.

화려하고 튀는 옷들도 있었고 역사책에서나 봤던 장비를 입고 있는 사람들도 있었다.

"여기서 막 하피도 따라오고 그랬는데."

"그린벨트로 끌고 간 그 하피요?"

끄덕끄덕.

하루는 말없이 고개를 끄덕였다. 확실히 생각만 했을 때와 추억이 담긴 곳을 왔을 때 더 느낌이 싱숭생숭한 것 같았다.

'아직도 그 언니를… 못 잊고 계신건가요… 주인님.'

채령은 하루의 표정 속에서 슬픔이 보였다. 이제 하루의 옆엔 자신이 있는데 왜 잊지를 못하는지 이해가 가지 않았다.

'아… 난… 내 모습은…….'

지영이었다. 한동안 까먹고 있었던 것이었다. 채령은 자신이 지영의 육체를 뺏어 쓰고 있다는 것이 갑자기 생각났다. 그래서 하루가 잊지 못하고 있던 것이었다.

"이번 역은 지행, 지행역입니다."

"여기야, 내릴 준비해."

하루가 슬픈 표정으로 채령을 보고 살짝 웃고는 내리자 했다. 여전히 지영의 생각을 하고 있는 것이었다.

아선이 말하던 학교는 조금만 길을 물어보니 금방 찾을 수가 있었다. 학생들은 소수만 보였다. 운동장에 있는 학생들은 체육 수업을 하고 있는 학생들뿐이었다.

"아… 여기가 학교구나. 주인님, 여기가 지식을 배우는 곳?"

"나도 학교 다녔었는데, 또 다니고 싶다."

아무런 걱정 없이 다녔던 학교가 그리워졌다. 왜 사람들이 고등학교를 나와서 대학생이 되면 다시 되돌아가고 싶다는 말을 했는지 알 것만 같았다.

"누굴 찾는 거지?"

웬 안경을 쓴 모범생처럼 생긴 학생이 다가왔다. 무서워서 손이 덜덜 떨리는 것이 보였지만 뒤에 다른 학생들도 보이는 것을 보니, 나름 용기내서 말을 걸었다 생각했다.

"혹시 학생, 박이정이랑 오정근이라는 학생을 아나?"

"아 그 꼴통…들은 무슨 일로……."

모범생은 두렵다는 듯 다시 되물었다. 왜 이런 행동을 보이는 것인지 하루는 알고 있었다. 무슨 일이 생기면 보복을 당할 수도 있기 때문이다.

"오늘 이후로는 볼 수 없을 거야. 어디 있어?"

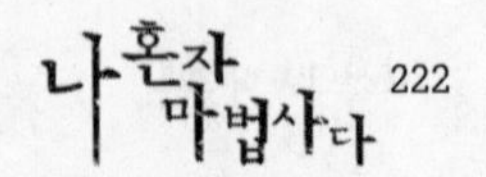

"볼 수 없다니…? 그 둘은… 교도소에……."

하루는 고개를 갸웃거렸다. 그리고는 이내 고개를 끄덕였다. 또 어떤 사고를 치고 교도소에서 수감 생활을 하게 된 것이었다.

아마 또 강간이나 뭐 소매치기 같은 짓을 했을 것이 뻔했다.

모범생은 정말 오늘 이후엔 볼 일이 없는 것이냐며 물었는데 하루는 그 대답으로 고개를 끄덕일 뿐이었다.

목표지가 변경 되었다. 교도소에 있다고 해서 가만히 둘 순 없었다. 아선 아저씨에게 부탁 받은 건 두 인간 같지도 않은 인간의 '죽음'이었으니 말이다.

하루는 모두를 데리고 의정부에 위치한 교도소로 갔다. 산을 조금 더 들어가야지만 있는 교도소엔 무려 수백에 달하는 죄인들이 수감 생활을 하고 있었다.

"아, 크네."

영화에서나 보던 그 교도소의 외관이었다. 철문과 거대한 벽, 벽 위엔 쇠창살이 쑥 튀어나와 있었다.

하루는 교도소 안으로 들어가려 했다. 그러나 순순히 들여보낼 경비원이 아니었다.

"어떤 일로 오셨습니까. 아무나 못 들어갑니다."

"오정근, 박이정을 만나러 왔습니다."

"사전에 면회신청을 하셔야 하는데요. 이봐요. 저기!"

무시, 하루는 그냥 무시하기로 했다. 어차피 '누구누구 좀 죽이러 왔다.'고 말을 하더라도 순순히 들여보내지도 않을 것이었다.

경비병은 무작정 들어가려는 하루를 당황한 표정으로 쳐다봤다.

교도소 안쪽으로 걸어 들어가면서 경비병이 추가 병력 지원을 했는지 경찰복을 입은 사람들이 뛰어나오고 있었다.

"죽인다. 적들이다."

"아니, 그냥 내버려 둬봐."

무작정 걸어가며 가으하네의 행동을 제지했다. 멈추라는 경찰들의 말에 하루는 푸른색 갑옷을 입었다.

프리벤트, 이 갑옷을 모른다면 간첩이었다.

하루의 모습을 확인한 경찰관들은 총을 하루에게 겨눴다가 쏠까말까 생각을 하더니 다시 회수를 해버렸다.

어차피 진짜 총도 아니었다. 이지스2 라는 분말 가스총이었다. 맞으면 눈물 콧물 다 빼고 고통스러운 분말이었지만 생명이 지장이 없는 그런 총이었다.

교도소에서 사람을 죽일 수 있을 만한 물건은 들여놓지 않는다. 두들겨 팰 수 있을 철봉만 경찰관들이 옆구리에 껴놓고 다닐 뿐이었다.

"대체 여긴 왜……."

"나쁜 놈 죽이러 왔습니다. 그냥 비키세요. 아, 혹시 박이정과 오정근이 어디 있는지 아시나요."

하루는 태연한 표정으로 경찰관 한 명에게 길을 물었다.

오준영은 군대로 복귀를 했다. 큰 일이 한 번 있었기 때문에 일단 복귀를 하고 특별 휴가는 나중에 가는 것으로 결론이 났다.

샤워장, 고단한 노동 후에 흘린 땀을 시원하게 물과 함께 씻겨서 떠내려 보내고 있었다.

동료들과 함께 하는 것은 즐거웠다. 더군다나 몸도 날이 갈수록 좋아졌다. 이미 방어력으로 인해 외형 같은 것이 좀 변하기는 했지만 운동을 통한 근육들이 제일 보기가 좋았다.

오준영은 다시 하루의 무위를 상상하며 감탄을 했다.

"저기, 마법사 이하루 어떤 사람 같아?"

"마법사 말입니까. 정말 대단하지 말입니다. 대형 몬스터들을 그리 많이 잡았는데 말입니다. 요즘엔 좋지 않은 소문이 있지 않습니까."

"무슨 소문? 난 그런 거 못 들었는데?"

"인터넷에 퍼지고 있지 말입니다. 자기 마음에 들지 않으면 살인을 해버린다고 소문이 났는데 말입니다. 마법사 팬들이 헛소문이라고 막는데 온 힘을 쏟고 있어서 조금씩 사그라지고 있지만 말입니다."

오준영의 말에 그의 후임이 성심 성의껏 대답을 해주었다.

물론 완전히 믿지는 않았다. 정확히는 믿고 싶지 않다는 것이 오준영의 마음이었다.

자신이 현재 존경하고 있는 마법사, 이하루가 그런 짓을 하고 다닌다니 그냥 고개를 내저으며 아닐 거라고 생각하는 오준영이었다.

"저도 마법사는 좋아하지 말입니다. 이 소문이 사실이라면… 에휴. 뭐 이런 일이 한두 번 일어나는 건 아니지 말입니다. 군내에서도 빈번히 일어나고 있지 말입니다."

후임의 말이 맞았다. 살인이나 강간, 다른 범죄들도 빈번이 일어나고 있었다.

군대에서도 극심한 스트레스로 일어나는 사건이 꽤나 많았다. 군 안에서 자체적으로 처리를 하고 있어서 밖으로 거의 흘러 나가는 것은 없었다.

"됐다. 빨리 씻고 나오기나 해라. 그리고 병원 좀 가봐라 웬 번데기가 달려있냐."

"이, 이건! 필 받으면 성충에서 나비처럼 가볍게 찔러 넣을 수 있지 말입니다! 절대 작은 것이 아니지 말입니다!"

후임의 목소리가 들려왔지만 머리를 털며 오준영은 내무반으로 이동해서 앉았다. 그리 좋은 환경은 아니었지만 이 정도면 감지덕지였다.

'이하루… 이하루…라. 후!'

오준영은 뒤로 누우며 며칠 전에 있었던 박 대통령과의 만남이 생각났다.

갑자기 호출이 되어 불려가서 뭔가 잘못 했나 하는 생각에 잔뜩 긴장을 하고 있었다. 그러나 박 대통령을 만나자 생각보다는 따스하게 받아주는 것에 뭔가 특별히 할 얘기나 명령이 있겠다 싶었다.

"오준영 중위. 처음 뵙습니다. 왜 부른 것인지 궁금하시겠어요."

박 대통령은 비서가 가지고 온 차를 한 모금 마시며 말을 했다. 오준영은 그냥 무슨 말을 할지 몰라 입을 열지 않고 고개를 살짝 끄덕일 뿐이었다.

"하하, 긴장 푸세요. 그리 어려운 부탁은 아니니까요. 다름이 아니라, 혹시 이하루 아십니까. 아! 마법사라 해야지 좀 아시려나…요?"

"네, 알고 있습니다. 지금 제일 이슈인 사람이라는 것 말입니다."

"음… 그 사람을 우리 군대에 소속이 되게끔 만들고 싶은데. 오준영 중위의 힘이 좀 필요합니다."

"군대요? 제가 뭘 어찌……."

지금 한창 잘 나가고 있는 사람을 어찌 군대로 들어오게 한단 말인가, 예로부터 군대 인식은 좋지 않아서 게임화가 된 지금은 모두 기피하고 피하는 곳이 군대였다.

"자세한건 나중에… 알게 될 거에요. 그냥 친분을 유지하는 정도면… 괜찮지 않은가요. 그와 동료가 되는 거에요."

마법사 이하루와 동료가 된다. 무척이나 설레는 말이었지만 어려운 일이었다. 혼자서도 독불장군처럼 몬스터들을 처리하며 종횡무진 하는 마법사가 왜 방어밖에 할 줄 모르는 자신을 필요로 하겠는 가였다.

"그런 사람이 나라를 위해 일을 하면 얼마나 사람들이 기뻐하겠어요. 무슨 방법을 쓰던지 지원은 해드리겠어요."

박 대통령과의 대화는 이것으로 끝이었다.

이런 부탁을 받은 뒤에 특별 휴가가 주어진 것이었다. 이제 여러 이유로 오준영은 밖과 군대를 왔다 갔다 할 것이었다.

이하루와 만약 동료가 된다면 군대와는 거의 안녕이었다. 또 다른 명령이 떨어지기 전까지는 그의 옆에서 지내고 사냥이나 레이드를 같이 하고 다닐 것이었다.

"흐아… 눈도장은 좀 찍은 것 같지만……."

"뭐, 누구한테 눈도장을 찍어?"

“깜짝이야! 저리 안 가?”

“뭐 좋아하는 사람 생겼냐? 휴가 갔다 오더니 완전… 크으. 나도 여자나 좀 봤으면 좋겠다.”

오준영의 군대 동기지만 계급은 좀 낮은 동료 윤상현이 있다. 둘만 있을 때는 그냥 말을 놓아도 된다고 오준영이 허락한 상태였기에 괜찮았다.

발로 윤상현을 차버리고 다시 누운 오준영은 빅풋 사냥이 이루어지면서 이하루가 자신을 보긴 봤을 것이라고 생각했다.

그 큰 방패를 든 자신을 못 봤을 리가 없었다.

‘접근을 어떻게 해야 하지…….’

제일 큰 문제였다. 뭘 어떻게 접근을 할 방도가 전혀 생각나지 않았다. 그래서 박 대통령도 오준영에게 어떤 방법이든지 일단 친분을 만들라 한 것이고 말이다.

싱크홀, 바로 어르서퍼와 시르패의 사이에서 생겨나기 시작했다.

지반이 무너지는 것을 느끼고 각자의 뒤로 물러서니 커다랗게 구멍이 뚫렸다. 한 판 제대로 붙으려던 웨어울프와 뱀파이어들은 각자 노려보고만 있었다.

"위험한 놈들이다. 그냥은 보내주지 않는다!"

"우린 인간들을 죽일 것이다. 대량 학살의 시간. 막으려면 막아보시지."

사실 뱀파이어들은 단순한 호기심 때문에 내려왔던 것이었다. 박쥐인 상태로 날아간다면 웨어울프들로서는 잡기 힘들 것이었다.

"그래도 막긴 막아야겠지. 쫓는다!"

"아우우우!!"

웨어울프들이 두 다리, 종아리에 힘을 줬다. 박쥐로 변해서 날아가는 뱀파이어들을 쫓기 시작했다.

역시 민첩성은 동물과인 웨어울프가 빨라서 그런지 뱀파이어들의 바로 아래까지 닿았다. 그러나 공격할 수는 없었다. 너무 높이 떠 있었기 때문이다.

제대로 뛰기만 한다면 간신히 닿을 수는 있겠지만 무리였다.

계속해서 위험을 느끼고 있었다. 여기저기 작고 큰 구멍들이 생기고 있었기 때문이다.

'이건 뭐지. 무슨 구멍들이… 저들이 한 짓은 아닐 텐데.'

약간의 의심이 들긴 했지만 이정도의 힘을 쓸 수 있는 놈들이 아니라 생각했다.

'저들이 정말 인간들을 죽이려 하는 건가? 채령과… 그들의 주인까지?'

그건 몰랐다. 뱀파이어라고 하는 저들이 인간들을 왜 죽이려는지 모르지만 인간들도 그리 쉽게 죽지는 않을 것이다.

어르서퍼는 우뚝 멈춰 섰다.

“모[illegible]?”

“멈춘다. 우린 우리의 일을 한다.”

결국엔 그냥 보내주기로 했다. 이대로 따라가서 싸운다면 인간들을 믿지 못하는 것이다. 어르서퍼가 본 채령과 말랑이는 강인하게 잘 습득을 했다. 그리고 인간들 중에선 더 대단한 자들도 있을 것이다.

“로드, 그래도 저들을 막아야…….”

“칸드라를 찾아야 한다. 저들의 일은 저들이 알아서 할 것이다.”

다들 어르서퍼의 말에 고개를 끄덕였다. 그리고 바닥에 생기는 구멍에 대해서도 좀 조사를 할 필요성을 느꼈다.

아무 이유 없이 바닥에 구멍이 생기진 않을 것이 분명했다. 이유를 알고 있어야 대처할 수도 있었다.

“수색을 다시 시작한다! 찌로. 너는 가서 보금자리가 무사한지 확인하고 오도록.”

하루는 철문 틈 사이들로 사람들을 보며 이동을 했다. 다들 얼굴이 편안한 듯한 모습이었다.

이해가 가질 않았다. 원래 죄를 짓고 이곳 교도소로 오게 되면 죄책감에, 미안해하고 속죄하는 마음을 지니고 있어야 정상이 아니겠는가, 근데 즐거워보였다.

"나쁜 놈들… 그냥 전부 다."

"주인님……."

왠지 모르게 화가 치밀어 올랐다. 요즘엔 콩밥도 아니다. 콩은 비싸서 안 되고 쌀밥이 나온다. 물론 반찬들도 잘 나온다는 소리도 들은 적이 있었다. 실제로 보지는 못했지만 지금도 변함없을게 분명했다.

"빨리 좀 가요!"

하루의 앞에는 경찰관 한 명이 있었다. 강제로 안내를 부탁한 것은 아니었다.

그저 박이정과 오정근의 위치를 아는 사람이었는데, 가으하네가 검을 뽑으며 부탁하니 흔쾌히 그러겠다고 했다.

나머지 경찰관들은 하루를 포함해서 가으하네, 채령과 말랑이가 가고 난 후에야 숨을 크게 들이키며 주저앉았다.

"보고해야 하나?"

"벼, 별 일 없겠지. 설마. 마법산데… 근데 좋지 않은 소문들이……."

"내버려둬야지 뭐 해결 방법이 있, 있는 것도 아니고……."

그냥 무슨 일이 있든 숨기기로 작정한 경찰관들이었다. 그것만이 자신들의 목숨을 부지하는 방법이었기 때문이다.

정의감으로 경찰관이 되긴 했지만 이들 역시 사람이었다.

"이쪽으로 들어가시면 두 번째 방에……."

이제야 박이정, 오정근이 있는 방에 도착을 했다. 경찰관은 이쯤에서 빠지려 하는 것 같았다.

"두 명, 뭐하다 들어온 거에요? 여기에."

둘 다 청소년이었다. 소년원에 가야할 애들이 교도소에 온다는 것은 그만큼 큰 잘못을 했다는 뜻이었다. 죽이더라도 어떤 강도로 어떻게 죽일지 정해야 했다.

"그게……."

"빨리."

가으하네의 낮은 목소리가 깔렸다. 소리만 듣는다면 길거리 학생에게 삥뜯는 어른과 같았다.

어느 땐 하루조차도 무서운 목소리였기에 경찰관은 떨며 입을 열었다.

"상습… 상습 강간으로… 4범……."

"와. 이런 발발이 같은!"

상습적으로 그 짓을 했다는 말이다. 선혜만이 피해자가

아니었다. 선혜는 물론이고 더 많은 여자와 가족들이 고통받았을 것이다.

더 이상 참을 수가 없었다.

"개, 개 같은 놈들이 웃고 있어?"

퍼엉!

하루는 파이어-버스터로 철창을 날려버렸다. 경찰관은 이미 복도 끝 쪽으로 뛰어간지 오래였다.

무슨 얘기가 그리 재밌는지 하루가 도착한 박이정, 오정근의 방에서 둘이 웃음꽃을 피우고 있었다.

"뭐, 뭐야. 경찰 아저씨! 경찰 아저ㅆ… 켁!"

"이 개…엑!"

마나로 둘의 목덜미를 잡았다. 괜히 하루 자신의 힘을 뺄 필요가 없었다. 그럴만한 가치가 없는 놈들이었다.

방에는 이 둘 말고 다른 수감자들도 있었지만 하루는 딱 둘만 보였다.

풀어달라고 발버둥을 치는 꼴이 봐줄만 했다. 손을 뻗어서 하루를 잡으려는 쓸데없는 행동을 보였다.

"살고 싶어? 그래. 놔주긴 할게."

"미친놈… 뭐야! 개 같은 놈이 갑자기!"

"경찰 아저씨! 여기 미친놈이 있어요!"

하루가 한 쪽 벽을 허물었다.

그 모습에 박이정과 오정근은 '아 뭔가 잘못 됐구나'라고 생각했다. 하루가 다시 둘을 잡아, 허물어 버린 벽으로 날려 버렸다.

"블링크."

밖에선 하루가 먼저 기다리고 있었다.

"아직 시대 파악을 못하네. 제일 더러운 장관님 주제에……."

"살려, 살려 주세요오!!"

둘 다 살려달라고 소리를 쳤다. 무릎을 꿇고 싹싹 비는 모습이 이젠 사태 파악을 하는 것 같았다. 그 어떤 경찰관도 오지 않았다.

어디선가 본건 같지만 생각이 나지 않는 앞의 이 남자는 위험했다.

"빌어? 그 사람들에게도 빌었나?"

"무, 무슨……."

"자기가 무슨 잘못을 했는지도 몰라? 싫다는데 앞뒤로 그랬지? 한 번 울부짖어봐."

오정근은 그냥 두 눈을 딱 감고 있었다. 두려운 것인가? 박이정은 이래저래 말이 많았는데 그에 비해 오정근은 쭉 입을 꾹 다물고 있었다.

"벙어리야? 뭐, 지금 무슨 잘못을 했는지 알면 그게 정상이지. 살려줄 순 없어."

"으… 주인님 무서워요."

“나도 주인. 화난 건 처음 본다.”

지켜보는 채령과 말랑이가 놀랍다며 눈을 크게 뜨고 있었다. 앞으로 화날 짓을 하면 안 되겠다는 생각과 함께 말이다.

가으하네는 약간 눈살을 찌푸리고 있었다. 하루에게서 망설임이라는 게 느껴졌기 때문이다.

‘살인이 무서운 것인가.’

전에 라베가 보낸 사람들은 몬스터였다. 하루의 눈엔 그리 보였다. 지배당한 주방장 아저씨, 지배당한 학생 등 이름들이 머리 위에 떠있었다. 그들을 처리하는 것은 좀비를 죽이는 것과 같았다.

“시져 니들!”

하루가 손을 들어올렸다. 눈물을 흘리고 있는 ‘사람’ 둘에게 가시 같은 이 마법으로 고통을 주며 죽일 예정이었다.

‘이들은 짐승이야 엄마. 죽어도 아무도 슬퍼하지 않아.’

‘나쁜 놈들을 죽이면 살인자가 되는 게 아니라 영웅이 되는 거야.’

자기 자신을 납득시키며 하루는 시져 니들을 두 청소년에게 박아 넣었다. 계속해서 생성해서 계속 날렸다.

“지옥에 가서 반성해라. 짐승.”

—생명을 없앴습니다. 리치의 뼛조각 2개를 획득하였습니다.

—첫 번째 살인으로 경험치가 대폭 상승하였습니다.
—스텟 '자연 친화력'이 생성됩니다.

하루는 박이정과 오정근을 죽이곤 그대로 굳어버렸다. 자책감 때문이 아니었다. 들려오는 알림음이 너무 충격적이었다.

'리치… 뼛조각? 자연 친화력? 지금까지 오르지도 않던 경험치가 올라……?'

그것도 살인을 해서 오른 경험치였다. 그렇다면 살인을 해야지만, 몬스터가 아닌 사람을 사냥해야지만 경험치가 오른다는 말이었다.

"이… 이럴 순……."

살인귀가 되라는 말인가? 너무 충격적이었다. 하루가 이상해 보이자 채령과 말랑이가 뛰어왔다.

머리가 아픈 듯 하루는 머리를 부여잡았다. 리치가 했던 말이 떠올랐다.

'생명을 얻고 싶으면 생명을 없애라.'

그 말이 이것이었던 것이다.

"주인님! 괜찮아요? 정신차려요!"

"괜찮아… 괜찮아. 후우… 그런 거였어. 그런 거야."

사람을 죽이면 죽일수록 강해진다는 것이었다. 다 정리해보면 그런 뜻이었다.

"인벤토리."

리치의 뼛조각

되살아난 죽은 마법사, 리치의 뼛조각이다.

뼛조각이 전부 모이면 리치를 소환할 수 있다. 몇 개가 필요한 것인지는 모른다.

"직접 찾거나 소환…인가? 칸드라도 찾고?"

한숨을 쉬는 하루였다. 무작정 사람들을 죽일 수는 없었다. 여기 있는 박이정, 오정근 같은 놈 빼곤 말이다.

하루는 수많은 감옥들을 쳐다보며 갈등을 했다. 무엇을 갈등하고 있는 것인지는 다 알 것이다. 그러나 하루는 고개를 내저으며 밖으로 나갔다.

대한 검도 협회 진도사.

유한정과 한국 금메달리스트 유병재의 대련이 시작되고 있었다. 여전히 유한정이 아픈 건 아니었다. 전부 다 나았고 검술을 수련하기 위해 찾은 곳이었다.

도장 깨기 같은 것이었다. 진도사는 날이 있는 진짜 검을 사용해 상대방이 죽을 때까지 도전한다는 뜻의 협회였다.

오늘, 둘 중 하나는 죽어야만 하는 건 아니었다. 그러나 상대방을 죽기 딱 직전까지는 몰고 가야만 했다.

"하핫!"

유한정의 검이 허공을 갈랐다. 유병재도 그저 쳐다보고만 있지는 않았다. 검날을 틀어서 살짝 유한정의 검을 흘린 뒤, 짧은 동선으로 훅 들어왔다.

찌르기로 유병재가 들어왔지만 유한정은 숙이며 피한 뒤 바로 뒤로 한걸음 들어갔다.

추진력을 얻기 위해서였다. 팔, 허리 힘과 같이 이미 회수된 검을 가로로 베었다. 사선이었지만 자세는 훌륭했다. 동시에 블러드 카이팅 스킬이 들어가고 안전을 위해 떨어졌다.

이미 유병재는 많은 공격을 허용했다. 체력이 얼마 남지 않았을 것이다.

"대쉬!"

바닥을 타닷 딛은 뒤, 이번엔 유병재가 대쉬를 통해 빠르게 공격해왔다. 스킬도 사용했지만 유한정은 다 막아버렸다. 어이없게도 금메달리스트가 지고 있었다.

유한정은 같은 방법으로 유병재에게 다가갔다. 검의 힘과 다루는 기술 등은 유한정이 뛰어났다.

'이 정도면…….'

이렇게 검술과 대련에 집중하는 이유는 요즘에 하나의

목표가 더 생겼기 때문이다.

하루가 나오던 동영상에서 소환수인 듯 움직이는 가으하네, 가으하네와 겨뤄보고 이기는 것이 지금의 목표였다.

물론 제일 중요한 목표는 턴에이의 몰락이었다.

"으아아아!!"

검과 검이 정면으로 부딪혔다. 유병재의 검이 부서져 버렸다. 힘에서 완전히 이긴 것이었다.

—칭호 '소드 브레이커'를 획득하였습니다. 일정 확률로 상대방의 검이 파괴됩니다.

"이겼다!!"

와아아아!

구경하던 사람들은 환호성을 질렀다. 역시 제일 재밌는 건 싸움 구경이었다. 유한정은 상대방을 죽이지 않았다. 상대의 검이 파괴된다는 옵션의 칭호를 획득하다니, 천운이었다.

'검은 검사… 그 소환수, 한 번 붙고 싶다.'

유한정은 검을 집어넣고 로벨리아 기지로 향했다. 거의 모든 업무들을 조준호가 맡고 있었다.

업무라고 해봤자 별거 없었지만 세부적으로 사람들을 나누고 있었다. 일단 네 가지 부로 나눴다. 전사부, 궁수부,

암살부, 테이머부였다.

나누고 그 중에 장을 선발하여 자신의 부서를 통솔하는 방식이었다.

"오셨어요. 대장."

"어… 근데 표정이 왜 그래? 재명이라는 그 녀석… 잘 안 됐어?"

"아직 소식 못 들으셨나 보군요. 빅풋… 한 번 찾아보세요. 동영상 있으니… 제대로 걸렸습니다."

계속 수련하고 대결을 하느라, 며칠 동안 문명과 떨어져 지냈던 유한정이었다.

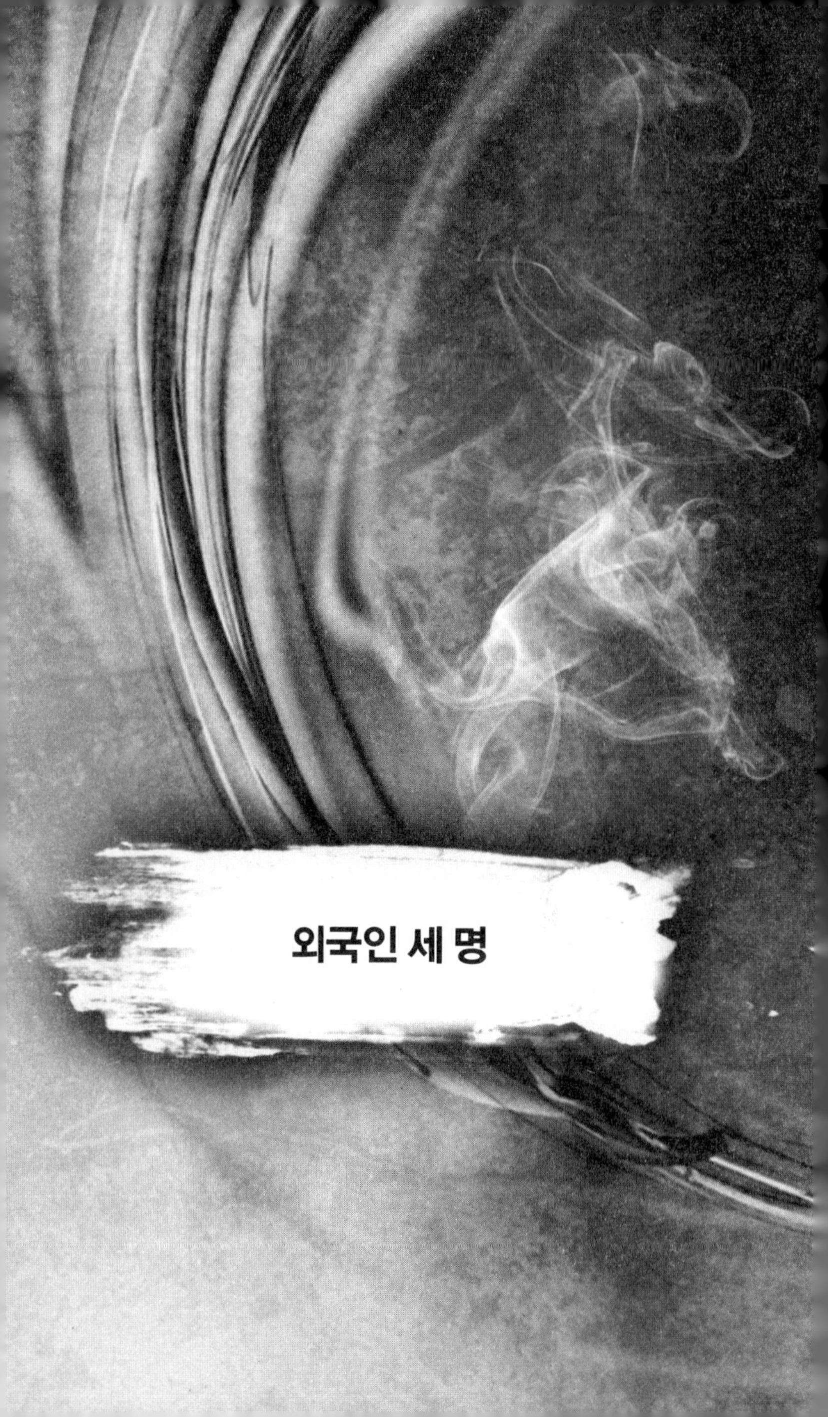
외국인 세 명

하얗게 한치 앞을 보지도 못할 정도로 안개가 깔린 강가 옆, 하루는 숨이 턱턱 막힐 정도로 뛰고 있었다.

하루의 뒤에서 어떤 그림자들이 다가오는 것을 느꼈지만, 정확히 무엇인지는 안개 때문에 확인이 불가능했다.

"파이, 파이어―버스터! 아, 왜. 왜!"

마법은 나가지 않았다.

블링크를 포함한 그 어떤 마법도 쓸 수 없는 하루였다. 평범한 사람이 된 것 같았다. 뒤돌아보는 순간 앞에서 인내를 하며 기다리던 돌부리에 걸려 넘어졌다.

와큵. 외갉가가―

이상한 소리를 내며 안개를 뚫고 좀비들이 하루의 다리를 잡았다. 저절로 식은땀이 났다.

"으아악! 후—후—……."

하루가 침대에서 벌떡 일어섰다. 하루의 집, 하루의 방이었다. 다신 꾸고 싶지 않은 악몽이었다.

손을 쥐었다 폈다 하고 이마와 손에 있는 땀들을 쓱쓱 닦았다. 그리곤 컨트롤로 마법을 뽑아봤다.

푸른색 빛이 방을 수놓았다. 하루는 그제야 안도의 한숨을 쉬고 긴장되어 있던 어깨를 내렸다.

'마법이 없다면 난…….'

이젠 생각하기도 싫었다. 마법 때문에 편해지고 이만큼 살 수 있던 것이었다. 엄마가 그렇게 된 건 슬픈 일이지만 말이다.

하루는 냉장고에서 생수를 꺼내 먹었다. 아직 새벽, 어둠 속이었다.

집에 돌아오고 나서 며칠 동안은 좀 쉬기로 했다. 계속 돌아다니기만 한다고 답이 나오는 것도 아니고 힘들었다.

"잘도 자네."

채령이 자고 있는 방문을 슬쩍 열어봤다. 쌔근쌔근 잘 자는 모습이 갓난아기 같았다. 이렇게 자는 모습을 보는 것도 처음이었다.

거실엔 역시나 가으하네가 있었다. 자는지 안 자는지 모르겠다.

가만히 앉아 있는 모습을 봐선 잔다고 할 수가 없었다.

"자냐. 가으하네."

"안잔다. 단련 중이다."

그냥 툭 말을 했는데 바로 답변을 해서 깜짝 놀랐다. 발랑이도 거실에서 자고 있었기에 작은 목소리로 가으하네에게 물었다.

"단련 중이라니 뭘?"

"머릿속에서 싸우는 단련이지. 나에겐 강한 상대들이 많다."

"그래… 난 다시 잔다."

하루는 고개를 끄덕이고는 다시 방으로 들어갔다. 잠이 부족했기에 눈꺼풀이 무거웠다.

아침이 되자 달그락 달그락 소리가 들려왔다. 이미 해가 중천이었고 하루는 아 이제 점심을 준비하는 구나 생각했다.

눈을 비비며 나오는 하루, 약간 몽롱한 기분이었다. 그런 하루를 반기는 건 눈웃음을 지으며 잘잤냐고 동시에 말을 하는 세 명의 여자였다.

"뭐… 어떻게 된 거야?"

"보고 싶어서 놀러왔지요! 그때 그렇게 가구."

"하루… 안녕. 나도……."

"주인님 일단 씻으세요."

하빈은 발랄하게 하루에게 손을 흔들었다. 상쾌한 느낌이었고 친구인 유정은 뭔가 부끄러운 듯 인사를 했다.

채령의 마누라 같은 말에, 하루는 자신의 현재 몰골을 생각하며 화장실로 들어갔다.

어푸어푸!

세수를 하니 좀 정신이 맑아지는 느낌이었다. 거울을 보고는 밖에 세 명의 여자가 왜 같이 모여 있나 싶었다.

'그새 무슨 모임 같은 걸 만들었나……?'

여자들이 모임 같은 것을 만들기 좋아한다 들은 적이 있었다. 자신을 자랑하며 만족감을 얻는 그런 것에서 희열과 즐거움을 느낀다 들었다.

여러 생각을 하며 수건으로 얼굴을 닦는 하루, 그러나 여자들은 그냥 단순히 라이벌 관계였다.

아침이 조금 지나 10시경에 문 앞에서 어떤 소리가 들리고 종이 울리자 채령이 나가본 것이었다.

어떤 소리는 바로 우연히 만난 하빈과 유정이 인사를 하는 것이었다. 큰 소리로 호호호 하하하 거리며 외모 칭찬을 하며 눈을 내리깔며 대화를 하던 것이었다.

"…왜 왔어요?"

"하루 만나러……."

"아직 자니까 조용히 해요."

동거녀(?)인 채령의 말에 고개를 끄덕이며 둘은 하루의 집에 입성, 막 좀 전까지 쥐죽은 듯 있던 것이었다.

답답했는지 하루가 일어난 모습을 보자마자 큰 소리로 하빈이 제일 먼저 인사를 한 것이고 말이다.

"하루야! 밥 먹으러 나가자!"

하루가 화장실에서 나오자마자 하빈이 일어서서 하루의 팔을 붙잡았다. 그에 채령이 쏘아보며 말했다.

"밥 다 차려 놨는데 여기서 먹죠? 뭣 하러 밖에 나가요?"

"그런 익숙한 거 말고, 색다른 음식을 먹는 것도 가끔은 좋다구요. 그쵸?"

반말 하다 존댓말 하다 옆에서 꼬시는 하빈의 말에, 채령의 이마엔 만 랩 아줌마들에게만 생긴다는 빠직 마크가 보이는 것 같았다.

"하…하하… 왜 그래 다들?"

하루는 머리가 아파오는 것을 느꼈다. 세 명의 눈빛에 어떻게 해야 할지를 몰랐다.

'좀 쉬게 해줘…….'

울상을 짓는 하루였다.

인천 국제공항.

이제 갓 비행기를 타고 들어온 세 명의 남자들이 있었다. 각자의 문제들로 비행기가 뜨지는 않았지만 여러 가지 조건들을 마치고, 개인적인 비행기로 한국으로 날아온 것이다.

백인 한 명은 키가 2m정도 되었고 그 옆에 쌍둥이로 보이는 흑인은 손가락을 자꾸 꼼지락 거리고 있었다.

"흠… 이 한국을 신성한 길로 인도해야 하는데 말입니다. 다들 무슨 악귀가 씌인 것 같이 피곤해 보이는군요."

"서스러, 한국은 건물들이 그렇게 빽빽하다 들었다. 돌아다니기 좋겠군. 그치?"

"그치."

세 남자는 인천 국제공항 출입구로 나와서 위험하게 벽을 타고 공항의 옥상으로 올라갔다.

경비원이 내려오라고 손짓을 했지만 가볍게 무시.

"그 남자를 찾으려면 어디로 가야하지."

"부탁할 것이 있는데… 땅이 이리 작은데도 찾기가 어렵다 들었다."

"그치."

주변을 둘러보며 환경을 살피는 세 남자, 그들의 머리 위로 검은 물체들이 날아간다.

푸드덕 푸드덕!

박쥐의 모습이었다. 보자마자 서스러가 눈을 크게 뜨며

숨을 헐떡였다.
"가, 강력한!! 어둠이다. 어둠!"
"잡아야겠지? 사람 죽일 것 같은데."
"그치, 가자."
쌍둥이가 서스러의 등을 치곤 아래에 두고 온 짐 기방들을 들곤 달리기 시작했다.
"로드. 이제 다 왔는데 어디부터 칠까요."
"서울이다. 한국이라는 나라의 수도지."
뱀파이어들은 박쥐 상태로 초음파로 소통을 하며 서울을 향해 날았다. 사람들도 하늘을 날고 있는 검은 떼에 대한 말들을 하고 있었다.
사람들이 강한 거부감을 느끼고 있었다. 딱 봤을 때는 박쥐다. 그러나 그 실체를 뱀파이어 사건에서 알고 있었기에 빠르게 SNS로 퍼졌다. 또한 세 명의 외국인들이 집, 차 등 할 것 없이 밟으며 빠른 속도로 따라 붙는 것도 퍼졌다.
"먼저 공격할 수도 있겠습니다."
"그치, 공격할 수 있겠다."
"파르데, 파라데. 음… 아닙니다. 일단 인간들을 공격 하는 게 아니잖습니까. 없애야 하는 나쁜 기운의 생명체들이지만……."
서스러와 파르데, 파라데 쌍둥이는 여유롭게 대화를 하며 어떻게 해야 좋을지 생각을 했다. 방도가 별 생각나지 않자 일단은 따라가서 하는 행동을 보기로 결정했다.

"라베가 살아 있는데… 어디에 있는 것인가."

다치아가 한국에 있었을 때 계약한 계약자, 라베를 생각해냈다. 직접 '아르고이다 마 다치아'라는 이름으로 처음 계약을 한 인간, 그 놈을 찾아야 마법사가 어디에서 살고 있는지 위치가 어디인지 알 수가 있었다.

"다치아, 그 마법사라는… 놈. 우리가 다시 살생을 시작하면 오겠지?"

"아마 올 거야. 전에도 그랬으니."

"나 느기에, 꼭! 전과 같은 일은 생기지 않게 하겠다."

이제 곧 있으면 서울에 도착을 한다. 벌써부터 피 냄새가 나는 듯 했다.

하르건다함이 고개를 숙여 아래를 보면서 날았다. 자신들을 쫓아오는 놈들이 있었다. 빠른 속도와 강한 힘을 가지고 있는 듯한 모습이 흥미가 생겼다. 바로 로드에게 전달을 했다.

"상대를 해도 된다. 겉으로 보기엔… 여기 한국인들과는 모습이 많이 다르군. 강해… 보인다."

"로드가 보기에도 강하다고요?!"

"하르건다함. 인간은… 쉽게 볼 종족이 아니다. 그 중에서도 강한 자들은 항상 있기 마련이지. 우린 서울에서 피의 파티를 할 것이다. 너의 마음이 가는 대로 하거라."

다치아와 늑기에도 눈빛을 빛냈다. 하르건다함이 저 셋을 처리한다는 것이 왠지 모르게 불안했다. 전과 같은 상황이 펼쳐질 수도 있었기에 하르건다함 혼자서는 보낼 수가 없었다.

"아버… 로드. 저도 좀 좀 풀겠습니다."

"로드, 가주 님. 여기 이 두 녀석만 보낼 순… 다녀오겠습니다."

로드와 다치아 가문의 가주는 고개를 끄덕이며 허락의 표시를 했다.

하르건다함을 포함해서 늑기에, 다치아가 뱀파이어의 모습으로 변하며 자신들을 따라오던 세 명의 앞으로 떨어졌다.

쿠와와앙!

지붕 위에 안착한 세 뱀파이어는 서스러와 파르데, 파라데 쌍둥이와 대면을 했다.

"뭐, 다른 말은 필요 없겠지. 죽어라."

"역시 인간 남자들의 냄새는… 역겹군. 블러드 레인—"

한국에 온 첫 날부터 뭔가 징조가 좋지 않았다. 아마 이상한 일에 휘말린 것 같았다.

결국 하루는 손님이기도 하고, 하빈이 계속 조르기도 해서 세 여자와 함께 밖으로 나왔다. 가으하네와 말랑이도 바람을 쐴 겸 뒤에서 쫓아오고 있었지만 마치 그림자와 같았기에 신경 쓸 겨를이 없었다.

양 팔에 하빈과 유정이 매달려 있으니 하루로써는 좀 부담스러웠고, 다른 사람들의 눈총을 받을 수밖에 없었다.

'바람둥이.'

'아청 아니야? 아청? 저런 건 찍어둬야지.'

이미 마을 내에 마법사인 하루가 산다는 건 익히 퍼져 있었다. 여러 가지 소문도 마찬가지로 전염병 퍼지듯 퍼져 있었다. 정작 당사자는 별로 신경이 쓰이지도, 들은 것도 없지만 말이다.

"우리 어디 갈까, 피자? 파스타?"

"난 아무거나 다 좋은데……."

"하루는 그런 거 별로 안 좋아하거든요. 하루야, 그냥 분식집이나 갈까?"

"집 밥이나 먹자니까, 주인님은 참……."

유정이 하루를 전부 다 안다는 듯 말을 했다. 옆에서 하빈이 하루의 팔을 감싸고 있는 것도 지금 신경이 거슬렸다. 좀만 더 뭘 한다 싶으면 머리끄덩이를 잡고 싸울 준비를 해야 할 것만 같았다.

"주인님은 참 여자들에게 인기가 많은 것 같다. 나도 공원이란 곳에 가면 여자가 만져준다."

"그건 그냥 애완견 쓰다듬는 것과 같다. 저들은… 암컷들이 수컷을 꼬시는 거다. 함께 침대라는 곳에 눕기 위해 저러는 것이지. 정말 부럽군. 나도 한때는 저런 때가 있었는데 말이야. 이런 몸만 아니라면 지금도… 크흠. 같이 가지."

말랑이가 수다를 떨어대는 가으하네를 놓곤 먼저 걸어갔다. 아직 메뉴를 정하려면 시간이 많이 남는 것 같았다.

'아 진짜 왜 이러지… 둘 다 날 좋아하는 것인가?'

하루는 눈을 어디에 둘지 몰랐다. 하늘하늘한 원피스를 입은 하빈과 시스루에 가슴 쪽 단추를 풀어 헤친 유정, 둘 다 물컹하고 부드러운 촉감이 하루의 팔을 감쌌다.

나쁜 건 아니었다. 오히려 기분이 날아갈 것만 같았다. 그래서 자꾸 어정쩡하게 걸을 수밖에 없었다. 바로 이 욕구를 풀고만 싶었다.

그렇지만 하루는 고개를 털며 생각했다. 유정은 자신의 친구이다. 그냥 친구, 그런 생각을 하는 것 자체가 미안했다.

"빨리 정해요오~ 배고픈데. 하빈이……."

"그, 원하는걸 뭐 시키면… 그래. 저기 가서 메뉴를 고르고……."

하루는 자신도 모르게 손가락 끝이 호텔 쪽으로 향해 있었다. 호텔에도 식당은 있다. 좀 비싸긴 했지만 고기든 파스타든 떡볶이든 거의 모든 메뉴가 준비되어 있었다.

하빈이 툭 하루의 가슴팍을 치며 말했다.

"아, 그런 거라면 말을 하지… 먹고 싶은 게……."

"……?"

"하루야, 그럴 줄 몰랐어. 설마… 그렇고 그런……."

무슨 생각을 하는지 알았다. 그래, 바로 그런 거였다. 욕망의 손가락이 바로 호텔을 가리키고 있던 것이었다.

하루는 자신의 손가락을 반대쪽 손으로 때리며 고개를 흔들었다.

"아니 그게 아니라. 난 그저 메뉴를 잘 정해지지 않아서……."

"에이~ 무슨 문제야. 그냥 가면 되는 거지. 밥 먹으러 가자!"

역시 하빈은 적극적이었다. 유정이 그 모습을 보고 낙심을 했다. 졌다는 생각이 강하게 들었지만 이대로 하루를 놓칠 수는 없었다.

'저, 적극적으로 가야 해. 하루를 뺏길 수는 없어.'

"조, 좋아해! 이하루!"

유정은 자신이 말하고도 입을 가려버렸다. 자신이 지금 무슨 말을 한 것이지 생각했다. 원래는 자신도 같이 호텔에 갈 거라고, 비싼 밥이나 얻어먹자고 능청스럽게 말을 하려 했다. 본심이 자기 멋대로 나와 버렸다.

기습 고백에 하루는 빤히 유정을 쳐다봤다. 얼굴이 붉게 달아오른 유정은 그대로 도망을 치려했다.

쿵.

그러나 앞을 가로막은 사람들 때문에 앞으로 나아갈 수가 없었다.

“마법사. 이 거지 같은 마법사 새끼… 찾았다.”

“주, 죽일 거야. 내 가족… 내 엄마!”

남녀가 골고루 섞여서 하루를 노려봤다. 라베에게 지배를 당하고 있는 사람도 아니었다. 자신이 무슨 짓을 했나 일단 넘어진 유정을 잡아서 자신의 등 뒤로 돌려보냈다.

가으하네가 검을 뽑고 달려왔다.

“무슨 일이죠? 제가 뭘 어쨌다고…….”

“뭘 어째? 네놈이 우리들의 가족을 죽였잖아!”

“CCTV까지 확인을 했다. 이 살인귀 같은 놈! 마법사면 다냐!”

사람들은 각자 말들을 했다. 잘 듣다보니 한 가지 생각이 들긴 했다. 라베가 조종한 사람들, 분식집에서 하루가 몬스터로 인식하고 죽인 사람들의 가족일 것이라 생각을 했다.

보통 이런 일을 당한다면 가만히 있을 가족이 어디 있겠는가, 그 슬픔을 알 수 있었다. 하루의 엄마도 그런 식으로 잃을 뻔 했으니 말이다.
"가으하네. 물러서. 죽일 사람들이 아니야."
"하지만, 살기가 강하다."
위험한 싹은 미리 잘라야 된다. 가으하네의 생각이었지만 하루는 아니었다. 슬픔을 어떻게든 달래줘야 했다. 아무나 무작정 죽일 수는 없었다.
"유정아, 먼저 들어가. 밥은 나중에 먹어야겠다. 하빈… 씨도 가요. 다쳐요."
하루는 등 뒤에 있는 하빈, 유정에게 말을 했다. 아무 힘 없는 약한 여자들을 위험에 노출 시킬 수는 없었다.
하빈은 약한 것이 아니었지만, 이건 하루의 개인적인 일이었다. 간섭하다간 좋지 않은 꼴과 자신의 정체를 자칫 들킬 수도 있었기에 물러나기로 했다.
"주인님."
"채령, 너도 일단은 빠져 있어."
"이하루!! 죽인다!!"
어쨌든 이들도 사람이고, 가족의 복수를 하려는 것은 당연했다. 할머니 나이쯤으로 보이는 사람도 무기를 꼬나 쥐고 하루에게 달려들었다.
푸른색 갑옷으로 바꾸고 하루는 한숨을 내쉬었다.
'죽일 수도 없고… 이 슬픔들을 어찌…….'
달래주고 싶었다. 가족을 잃은 슬픔이란 그만큼 큰 것이다. 한 달 정도는 단식하고, 아사하기 직전까지 가는 것 정도는 누워서 떡 먹기였고 사람을 죽이는 것도 마음만 먹으면 가능했다.

이들도 하루를 죽일 수는 없다는 것은 알고 있을 것이다. 그렇지만 이렇게라도 하지 않는다면 살 수가 없었다.

“내 아들 살려내!”

“마법사면 다야? 마법사면? 살려내라고, 그 잘난 마법으로!!”

하루의 푸른 갑옷으로 칼과 몽둥이, 화살들이 날아들었다. 흠집 하나 낼 수는 없었다.

라베가 조종을 한 것이다. 나는 몬스터를 잡은 것뿐이다라고 변명을 할 수도 있었지만 전부 쓸데없는 짓이었다.

“헐, 뭐야?”

“대박. 장난 아니다. 마법사님! 법사님!”

길에서 핸드폰을 뒤적이던 한 사람이 맞고 있는 하루에게 소리쳤다.

그 소리에 신경을 쓸 수 없었지만 주변에 있던 다른 사람들도 무슨 일이지 하고 핸드폰을 바라봤다. 그리곤 다 같이 하루를 불렀다.

“아 진짜, 뱀파이어 나타났다고요!”

“뱀파이어!!”

“여기서 이럴 때가 아니라고, 뱀파이어 나왔다고!!”

웅성거리며 소리가 커지자 하루에게도 그 목소리가 들렸다. 때리던 유가족들도 그 행동을 멈추고 무슨 일인지 파악을 했다. 이미 주변에 많은 사람들이 모여 있었고, 뱀파이어가 나타났다고 고래고래 소리를 치고 있었다.

'뱀파이어?'

"주인님, 아무래도……."

"이번엔 단체로 나타난 것 같군. 아무래도 가봐야겠지?"

주변 사람들이 보여준 영상과 실시간으로 올라오고 있는 뉴스들을 보고 가으하네가 말을 했다. 물론 채령도 확인을 했다.

수많은 사람들이 죽어나가고 있다는 것이었다.

'이렇게 많으면…….'

하루는 덜컥 겁이 났다. 둘을 상대하기도 좀 벅찼었는데 종족 전체가 오기라도 했는지 서울이 끝나는 건 순식간으로 보였다.

"일단 가자. 출발 하자."

유가족들이 하루를 잡을 수는 없었다. 하루도 그것을 아는지 눈만 살짝 유가족들에게 마주치고는 자리를 벗어났다.

군대로 빠르게 연락이 들어왔다. 군대를 출동시키라는 것 보단 오준영을 찾은 것이었다.

현재 뱀파이어들이 서울을 쑥대밭으로 만들고 있으니 서울로 어서 이동을 하라는 것이었다. 오준영은 그게 무슨 말인지 이미 알고 있었다.

뱀파이어가 나타났다면 분명 사람들을 구하기 위해서 이 하루, 마법사가 나타날 것이었다.

오준영은 장비를 착용하고 준비된 헬기에 탑승을 했다.

'친분… 보다는 일단 사람들을 구하고.'

박 대통령이 원하는 것은 마법사와의 친분과 그의 군대 입성이었다. 그렇지만 일단 사람들을 구해야 했다. 친분은 그 다음의 일이었다.

"아무리 마법사라도 이건…….."

처참한 모습, 오준영은 자료 화면을 받아서 날아가는 동안 바라보고 있었다. 뱀파이어들이 떼거지로 나타난 것이었다.

혼자로는 무리였다. 지금 오준영의 눈으로 보기엔 뱀파이어 하나하나가 중형 몬스터 급이었다.

오준영이 가서 탱커로써의 역할을 한다 해도 저들은 지능까지 겸비한, 말하자면 인간형 몬스터였다. 전술을 짤 수도 있고 속임수 같은 것을 쓸 수도 있다는 뜻이었다.

'모두가 도와야해. 은, 은이나 십자가 같은 것. 말뚝!'

예전부터 내려오는 말들을 생각해냈다. 뱀파이어들의 약점은 예전부터 빛과 은, 십자가, 마늘, 말뚝 등이었다.

교회에서 움직여야만 했다. 지금은 신전으로 통하고 있었는데, 그들의 힘을 잘은 모르지만 군대 보건소에서 근무하는 선생의 스킬을 보면 불가능할 것도 없었다.

상처를 치료 하는 능력과 몸의 피로까지 없애주는 무슨 스킬들을 썼다.

"하강합니다."

"후."

오준영은 마음을 꽉 다졌다. 자신이 생각해봤자 뭐가 이루어지는 것은 아니었다. 그들이 움직이기만을 기다려야 했다.

전쟁터를 방불케 하는 서울 한 가운데로 오준영이 낙하산을 피고 떨어지기 시작했다.

"블링크—"

하루도 이제 거의 다 도착을 했다. 피 냄새가 역하게 퍼졌다. 저절로 인상이 찌푸려졌다.

정말 걱정이 됐지만 채령과 말랑이를 대동할 수밖에 없었다. 혼자서는 이 많은 뱀파이어들을 다 상대하지 못했기에.

"죽지는 마라. 전부."

미리 말을 해두었다. 마음대로 죽거나 살거나 하는 게 되는 것은 아니었지만, 말을 하는 것과 안하는 것엔 분명 차이가 있었다.

"등장."

구석에서 일명 불나방이라고 불리는 나서경 기자가 마이크를 들고 서있었다. 역시나 카메라맨과 함께였다.

"우리들의 영웅, 마법사 이하루 씨가 등장을 하였습니다."

이 역시 생방송으로 전국으로 방영 되고 있는 위험한 뉴스였다. 잔인한 것들은 그때그때 모자이크 처리, 여전히 '나서경 기자와 카메라맨은 어떻게 걸리지 않냐'는 의문들이 쇄도 했지만 '운이다.'라는 답변뿐이었다.

카메라맨은 셔츠 앞주머니에 꽂혀 있는 볼펜을 눌렀다. 볼펜에서 빨간 불빛이 깜박거리며 뱀파이어들을 관찰했다.

"저 자… 인가?"

로드와 하루의 눈이 딱 마주쳤다.

사람들을 학살하던 뱀파이어들이 일제히 행동을 멈췄다. 강한 인간, 이 많은 뱀파이어들의 중간으로 직접 걸어온 인간이었기에, 신경이 쏠리는 것은 당연했다.

"그만 두지 못하나?"

"네놈이 그 마법사라는 인간인가. 감히 나와 눈을 그리 마주치다니, 역시 인간들이 미친 것이 틀림없군."

시르패가 하루를 보며 슬쩍 웃었다. 역시나 하고 고개를 끄덕인 하루는 마나를 끌어올렸다. 그리고 조용히 속삭이듯 마법을 시전 했다.

"블리자드—"

혹시 모를 상황을 대비해서 마나의 50% 정도만 사용했다. 빅풋을 사냥할 때 쓴 마나가 20% 정도, 50%가 결코 적은 것이 아니었다.

하루가 고개를 흔들며 가으하네에게 눈치를 줬다. 싸움을 시작하자는 뜻이었다.

"먼저 덤비겠다라… 블러디 파로."

시르패가 바닥으로 스며들었다. 붉은 색의 웅덩이처럼 보였다.

가으하네가 다른 뱀파이어들에게 달려들고 말랑이도 거대화를 써 전투를 시작했다.

하루가 시져 니들을 시르패에게 쏘았지만 데미지가 없는지 그대로 있었다.

멀리서 오준영이 뛰어오고 있었다. 좀 떨어진 곳으로 낙하산이 흘러가서 전속력으로 뛴 것이었다.

하루를 발견하고는 점프를 뛰고 바닥에 방패를 박아 넣고 몸을 웅크렸다.

"도발! 마음껏 딜 하세요!"

뱀파이어들은 자신들도 모르게 가으하네, 채령, 말랑이

를 무시하고 오준영에게 기본 공격, 피 줄기를 날렸다.
그 사이를 놓치지 않고 가으하네가 대검들을 휘둘렀다. 하루는 지원군도 있고 하니 좋다고 고개를 끄덕이며 시르패에게 시선을 고정시켰다.
"저 검은 검사는… 꼭 누기에가 처리하게 해야겠군. 블러디 스피어!"
웅덩이에서 말소리와 함께 피로 된 번개가 튀어나왔다.
매직미러로 하루가 튕겨내긴 했지만 그 울림이 장난이 아니었다. 주변 피들이 웅덩이로 자꾸만 모여들고 웅덩이는 커져만 갔다.
"비겁하게 싸우네. 그 안에 있을 때는 공격이 안 통한다는 건가?"
"그렇다고 볼 수도 있지. 마법사, 인간 따위가 날 이길 순 없지."
시르패는 하찮게 하루를 바라봤다. 뒤에서 그 부하로 보이는 놈들이 뱀파이어들과 싸우고 있었지만 완전히 처리를 하는 것은 역부족이었다.
죽은 인간들이 많았기에 주변 피들이 많았다. 저절로 피들이 스며들어 재생이 되는 것이었다.
하루의 머리 위에 그림자가 드디어 내려오기 시작했다.
"그 피들, 다 얼어버리면 어떻게 될까."
하루의 말에 시르패도 하늘을 쳐다봤다. 계속 웅덩이에

있을 수는 없었다. 블러디 파로는 주변의 피로 피해를 흡수하며 땅속에 숨어드는 기술이었다. 피 공급이 되는 길이 끊기거나 피들이 굳거나 쓰지 못하게 되면 소용없었다.

서스러, 그는 미국에서 왔다. 나라를 떠나는 것을 사람들이 막았지만 한국에 있다는 마법사, 강하다는 이하루라는 남자를 데리고 가서 S급으로 분류된 몬스터를 레이드 하기 위해 비행기에 탑승을 한 것이었다.

'기적의 사나이.'

이 별명은 서스러가 불리는 이름이었다. 키가 2m에 달하며 신의 기적이라는 것을 행하는 사나이가 바로 서스러였다.

기적이란 신의 개입에 의해 일어나는 초자연 현상이다. 신이 아니라 상위 령(令)에 의하여 발생하는 예도 있지만 적어도 인간에게는 불가능한 일, 게임화가 된 세상에서 불가능이라는 것은 없을 수도 있지만 이러한 힘들을 쓰는 건, 서스러가 유일했다.

이런 기적이 마구 닥치는 대로 일어나는 것은 아니다. 적어도 예전부터 그리스도교에 있어서는 무언가 의의가 있을 때 비로소 일어났다. 이 때문에 성서에 있어 기적은 놀람, 신의 힘, 표식의 세 가지 용어로 풀이가 되었다.

놀람이란 기적은 놀랄만한 특별한 일이어야 한다는 것이고 신의 힘은 신의 힘으로 발생한 초자연 현상이 아니라면 기적이라 말하지 않는다. 표식이란 기적은 신으로부터의 메시지로, 기적을 통해 무언가를 인간에게 가르쳐 주기 위한 것이었다.

"악령을 퇴치하다— 그림을 움직이다—"

서스러는 다치아의 블러디 드레인을 상쇄시키고 인벤토리에서 그림 한 장을 꺼냈다. 백마가 세 마리 정도 그려져 있는 그림이었다.

그림에서 백마들이 뛰어서 다치아가 있는 곳으로 달려갔다.

"나, 내 힘을 막다니?! 정신 지배!"

다치아는 덤블링을 하면서 말들을 피했다. 한 번도 이런 적이 없었다. 서스러는 치료하다—라고 중얼거리며 정신 지배까지 상쇄시켜버렸다. 전혀 공격이 통하질 않았다.

혹시 다른 두 놈도 이러고 있는 가 쳐다봤다.

하르건다함과 늑기에가 흑인 쌍둥이를 상대하고 있었다. 꼼지락거리며 손을 절도 있게 움직이는 파르데와 파라데의 모습이었다.

"뭐하는 짓이지? 피의표식! 피와 함께 춤을!"

"블러디 레인!"

"임—비사문천."

"진—성관음."

파르데와 파라데는 슈겐도를 사용하고 있었다. 두 뱀파이어의 피를 제자리에 묶어두고 날려버렸다. 순식간에 손이 움직이며 이루어져서 자신들이 날린 피에 맞은 하르건다함과 늑기에였다.

"이상한 기술을… 이놈들!"

흑인인 파르데와 파라데에게 슈겐도는 어울리지 않았지만 둘의 기술을 강력했다.

본래 슈겐도는 불교와 산악신앙이 절충된 것에 도교나 음양도의 영향도 받아 생긴, 일종의 일본 고유 종교이다.

슈겐도는 귀신도 부릴 수 있다고 전해지곤 있었지만 아직 파르데와 파라데는 그 정도는 아니었다.

슈겐도를 사용하는 슈겐자는 구자를 읊는다. 구자란 9종류의 인을 엮어 9종류의 진언을 발하는 것이다.

오른손으로 도인을 하고 '임, 병, 투, 자, 개, 진, 열, 재, 전' 순으로 움직이며 문자마다 인을 짜는 정식 구자들이 있다.

"뱀파이어는 약하군."

"그치, 약하다. 이정도로 발걸음을 뒤로 물리다니."

파르데와 파라데는 하얀 건치를 내보이며 뱀파이어들에게 웃음을 날렸다.

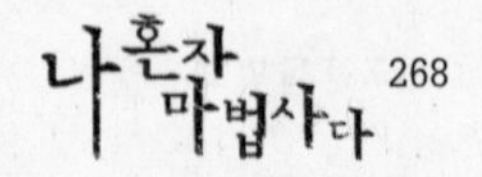

이정도로 물러설 세 뱀파이어가 아니었다. 그러나 왠지 모를 두려움이 느껴졌다.

"시간이 지체될 수는 없지. 빠르게 처리를 해야겠다."

"그치, 처리한다. 서스러도 그런다."

쌍둥이는 똑같이 구자를 읊기 시작했다. 바깥을 향한 사자의 얼굴 모양을 따고 검지가 눈, 약지와 새끼손가락이 입이 되고 엄지는 세워두는 모양의 손을 만들어갔다.

서스러도 마찬가지로 멀리 날아간 어두운 기운을 쫓기 위해 기적을 행하려 성서를 펼쳐들었다.

뱀파이어들의 머리 위로 얼음 덩어리들이 떨어졌다. 엄청난 소리!

이미 방송에서도 그 위용을 자랑하고 있었다.

방송으로 하루의 블리자드를 보는 사람들은 감탄사를 연발, 맞고 있는 뱀파이어들은 곡소리를 연발로 내고 있었다.

강력한 한방, 얼음 덩어리에 맞은 뱀파이어들 중 몇몇은 바로 즉사를 해버렸다. 그리고 나머지 뱀파이어들은 거의 죽다시피 바닥을 기며 피들을 흡수했다.

다시 살아나는 뱀파이어들이었지만 극 소수였다. 피들

이 얼음에 차갑고 얼기까지 하고 있었기 때문이다.

엄청난 공격에 눈을 감고 있던 오준영은 입을 떡하니 벌리고 주위를 둘러봤다.

눈치를 채고 블리자드의 범위 밖으로 나갔던 뱀파이어들 말고는 거의 다 죽어가는 모습이었다.

다만 범위 밖으로 벗어났던 파이어들이 더 많았다.

"…역시 로드인가?"

시르패는 순간 블러드 필드를 써서 피해를 덜 받았다. 받아내기만 해도 버거운 공격이었기에 실로 놀랍다는 생각이었다.

아마 막질 못했다면 자신도 사경을 헤매고 있을 수 있다는 생각이 들었다.

"모두 정신 똑바로 차린다! 이 녀석들을 처리한다!"

돌아오는 뱀파이어들에게 소리치는 시르패, 다들 다시 전투를 시작하고 시르패의 모습은 바뀌기 시작했다.

마치 가으하네가 검은 기운을 끌어올리는 모습과도 흡사했다. 핏방울들이 바닥에서 떠오르고 있었고 시르패의 피부색은 짙고 붉검은 색으로 물들었다.

"내가 약간 무시했구나. 날… 하하. 참 신기한 일이야."

"로드님! 제가 맡겠습니다."

"무슨 소리. 내가 상대를 해야지!"

시르패의 옆으로 약간 머리가 하얀색으로 된 백발의 뱀

파이어가 둘이나 나타났다.
"늦어서 죄송합니다."
"아르고이다. 이건 내가 상대해야겠네."
"로드, 몸이 예전 같지 않으십니다."
한 명은 다치아 가문의 가주, 아르고이다이며 그 옆에 날카로운 눈매에 머리를 완전히 다 뒤로 넘겨버린 뱀파이어는 하르건다함 가문의 가주, 모르라도였다.
둘은 블러디 미르, 뱀파이어들의 도시에 처리할 것이 있어서 마저 전부 처리하고 출발을 했던 것이었다.
"너희들은 전부 죽어야지. 우리 엄마를 살리지 못한다면!"
하루가 옆에 아이스 스톰을 시전하고 토네이도—버스터로 전부를 공격했다. 얘기나 한가하게 하고 있을 틈은 없었다.
화아아—악!
화염을 뚫고 시르패가 튀어나오며 온통 검은색으로 된 단검을 하루에게 찔러 넣으려 했다. 그러나 하루는 얼굴이 보이자마자 블링크로 빠졌다.
그것조차 따라오는 시르패, 단검을 휘두르는 순간 시르패의 몸채가 날아갔다. 오준영이 중간으로 끼어든 것이었다. 민첩성이 거의 없는 오준영은 예측을 한 것이었다.
"감히 로드를!"

아르고이다가 마치 그림자처럼 이동을 한 뒤, 하루의 뒤를 잡았다. 그 기분은 오싹했다. 매직미러로 하루가 뒤를 방어하는 순간 복부에서 통증이 느껴졌다.

연속으로 공격이 들어오고 있었다. 시르패가 공중으로 띄웠던 바로 그 핏방울들이었다.

"크윽……."

앞에서 오준영이 좀 막기는 했지만 그래도 하루에게 공격이 가해졌다. 시르패는 다시 한 번 핏방울들을 끌어올렸다. 각 옆에 핏방울의 토네이도까지 돌고 있었다.

'사기… 사기잖아!'

하루는 페나테스를 꺼내, 지팡이 대신에 사용을 했다. 역시 운동을 해야 하는 것인가, 본래 몸이 좀 좋지 않았기에 충격이 심했다. 체력도 많이 빠졌다.

'이제 맞으면 안 되겠다.'

적어도 회복할 때까지는 맞지 말자 생각을 했다. 오준영을 쳐다보는 하루, 자신을 못 알아보는 걸까? 그 흔한 인사도 하지 않고 있었다. 아니 인사를 할 상황이 아니긴 했었다.

하루는 여러 번 블링크로 시르패에게서 떨어졌다.

'뭔가 날아온다.'

갑자기 든 생각이었다. 머리 미간 쪽의 감각이 이상했다.

머리를 바로 숙이니 머리카락을 쭉 밀며 지나가는 화살,

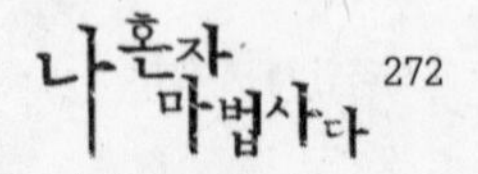

아까 그 날카로운 인상을 지닌 뱀파이어 놈이 분명 할 것이다 생각을 했다. 피하긴 했으나 위태로웠다. 머리에 맞으면 바로 즉사였다.

식은땀이 주륵 흘렀다.

"주인님! 너무… 너무 강해요!"

채령은 잘 버티고 있었다. 말 그대로 '버틴다'였다. 도저히 잡을 수 있는 수준이 아니었다.

채찍으로 방어를 잘 했다. 가끔 공격을 강행하긴 했지만 그게 전부, 아직 뱀파이어에게 이길 정도의 실력은 아니었다.

웨어울프에게 훈련을 받은 기억을 되살려가며 말랑이도 전투에 임하고 있었다. 여러 마리의 공격은 말랑이에게도 역부족, 결국 도움을 청할 수밖에 없는 상황이었다.

'미치겠군. 그때 그… 다시 오기만 한다면.'

하루가 모두를 케어 할 수는 없었다. 당장 로드만으로도 어려운 듯 했다.

게소 사라나를 죽인 장본인, 그 장본인이 온다면 상황이 좀 달라지지 않을까 희망을 가졌다.

"피들은 나의 생각대로 움직이지. 나와 눈을 마주치고 공격까지 하는 인간이라니, 참으로 우습군!!"

하루는 매직미러로 사방을 감쌌다. 겹겹이 방어를 하며 블링크를 쓰고 계속해서 파이어-버스터를 날려댔다.

"컨트롤—!"

뱀파이어들은 십자가에 약하다. 보통 인간들이라면 알고 있는 사실, 하루도 그걸 알고 있었기에 마나로 십자가 모습을 만들고 시르패를 노렸다.

사실 뱀파이어가 십자가에게 약하다는 것은 영화에서 만들어진 약점이다. 확실히 성스러운 것에 약하다는 예는 있었지만, 딱히 그리스도교의 십자가나 성수에 약한 것은 아니었다.

뱀파이어가 원래 이 세상에 살고 있었다 하더라도 이미 게임화가 된 세상, 십자가는 효과가 있었다.

커다란 십자가를 바라본 뱀파이어들의 행동이 더뎌졌기 때문이다. 푸른색으로 빛을 내고 있으니 효과가 더 있는 듯한 느낌을 받으며 말뚝 모양으로 마나들을 뭉쳤다.

타다다다당!

시르패가 십자가에 견디며 핏방울들을 하루에게 꽂아 넣었다. 그러나 매직미러가 튕겨내지는 못하고 어느 정도 방어를 했다.

파이어—버스터로 채령과 말랑이를 도우고 있지만 역부족이었다.

"한 곳으로 모여요! 방어기재—!"

오준영이 소리를 치며 채령과 말랑이를 불렀다. 가까운 곳에 위치해 있었기에 잠깐 사이에 오준영 주변으로 들어왔다.

기다렸다는 듯 스킬을 쓰는 오준영, 뱀파이어들이 달려들었지만 불투명한 막이 보호를 해주고 있었다.

"움직이지는 못하지만, 확실히 방어는 할 수 있습니다."

오준영은 방패를 탕! 탕! 치며 웃었다.

그제야 채령과 말랑이는 한숨을 돌렸다. 이제 사냥을 하고 있는 것은 가으하네와 하루뿐이었다.

유한정과 조준호는 서로 의견 대립이 일어났다. 대원들을 의미 없이 잃을 수는 없다면서 서울로 향하지는 않겠다고 하는 유한정과 이하루에게 좋은 인상을 남겨야 하고, 사람들도 구해야 한다는 조준호의 찬반 대립이었다.

대원들은 누구의 명이든 들을 준비가 되어 있었다. 어차피 목숨 걸고 일을 하는 사람이다. 목숨을 잃는 것 따위는 무섭지 않았다.

"조준호, 너는 한정 원정대처럼 되고 싶은가 보지."

"여기서 그 얘기가 왜 나오는 겁니까! 저희에게 필요한 건 이하루입니다. 마법사요! 그가 호의적이여야지 우리가 거사를 해도 할 수 있습니다!"

유한정은 고개를 흔들었다.

뱀파이어는 지금 화면상에서 이하루가 힘겹게 상대하고 있는 만큼 강한 존재들이다. 자신들이 간다고 뭐가 달라지지는 않았다. 유한정이 생각하기에는 그냥 자살을 하러 가는 꼴로 밖에 보이지 않았다.

“자살을 하러가는 것이다. 서울로 향해? 지금 싸우고 있는 저곳으로 가기 위해선 그 주변에 있는 뱀파이어들을 처리해야만 한다. 조준호.”

유한정의 눈빛은 그것들을 전부 처리할 수 있는가? 를 말하고 있었다. 조준호는 그래도 물러설 생각이 없는지 쏘아 붙였다.

“약간의 희생은 필요한 법입니다. 가서 도와야 하지 않겠습니까? 아직도 건물에는 많은 사람들이 숨어서 있을 겁니다.”

“그 희생. 조준호, 네가 할 것인가?”

꾹 참는 듯한 표정으로 유한정이 물었지만 조준호는 순간 꿀 먹은 벙어리가 되었다.

“네, 제가 하겠…….”

“아~ 뭐죠? 외국인인가요? 또 별명을 붙여야 할 사람이 늘어나겠군요.”

조준호가 대답을 하려는 순간 위험한 뉴스에 외국인 남성 세 명이 등장하였다.

서스러와 파르데, 파라데 쌍둥이었다.

옷에 튄 피를 닦으며 등장하는 세 명은 뱀파이어들의 공격을 간단히 막았다.

공격을 받으면 서스러가 치료한다—라고 웅얼거리며 치료를 했고 일일이 처리하진 않았다. 흑인 쌍둥이가 진—성 편음으로 전부 붙잡아버렸다.

이들을 제외하고 하루가 있는 곳까지 오는 것은 웬만한 능력 가지고는 되지 않는 것이었다.

"저 놈들은! 다치아는? 하르건다함, 아니 늑기에는?!"

시르패가 경악스러운 표정을 했다. 세 명을 처리라도 했다는 것인가? 지금 놀리는 것인가 생각도 했다.

자신의 아들인 늑기에까지 처리를 했다는 뜻이었다. 그리 약하다고는 생각은 안했지만 뱀파이어를 이길 수 있을 만한 인간은 아니라 생각했기에 놓고 먼저 온 것이었다.

"어리석은 놈들! 인간에게 죽다니, 죽다니!"

'…저들이 누굴 죽인건가? 그러고 보니…….'

그때 왔었던 뱀파이어 세 마리가 보이질 않았다. 그들을 말하는 것인가 예측을 하는 사이 외국인 세 명이 하루를 발견했다.

"하루. 하루? 마법사?"

"…마법사 맞는데… 누구……."

"오! 단번에 만났다!"

"그치! 만났다!"

쌍둥이는 환호성을 질렀다. 그렇지만 마냥 좋아할 일만은 아니었다. 시르패를 포함한 다른 뱀파이어들이 제대로 화난 듯한 모습이었다.

"음… 일단 처리. 저기, 다이."

하루가 짧은 단어를 쓰며 보디랭귀지로 설명을 했다. 모든 뱀파이어들의 집중 공격이 시작 되었다.

로드는 물론 가주들의 분노가 제일 컸다. 가문을 이끌어야 할 자들이 죽었다는 생각을 하니 미칠 것만 같았다.

머릿수부터 차이가 나는데, 자신들이 이기지 못할게 뭐란 말인가!

자존심이 상하고 억울했다. 인간들에게 진다는 것이 비참했다.

"쿠윽……."

"로드!"

"아르고이다. 저 인간들을 다 죽여야……."

쿵.

로드가 무슨 일인지 제대로 공격을 더 퍼붓기 전에 쓰러져 버렸다. 아르고이다에게 부탁을 했지만 지금 상황을 잘 알고 있었다.

아르고이다는 초음파를 보냈다. 후퇴하라는 명이었다. 그렇지만 명령을 무시하고 공격하는 뱀파이어들이 있었다.

막고 있을 테니 가라는 행동이었다.

'인간들에게 등을 돌리며 도망치는 날이 오다니… 다치아… 하. 우리 다치아.'

피눈물이 흐르는 상황이었다. 이번 일로 아마 시르패는 영면에 들것이었다. 많은 힘을 너무 마구잡이로 개방을 한 것이었다.

인간들에 대해 좀 더 생각도 해야 하고 그에 대한 대책을 세워서 다시 와야 한다는 생각이 절실했다.

'그리고 다치아… 시신은… 꼭 다시 찾으러 오마.'

하루는 멀어지는 시르패와 아르고이다를 그냥 내버려 뒀다. 더 이상 싸울 상태가 아니었고 다들 도망을 가는 분위기였다.

또 다른 이유로는 갑자기 생각이 난건데 정말 엄마를 살릴 수 없는 가 였다.

로드라면 뭐라도 할 수 있지 않을까? 가능하지 않을까란 생각이었다. 실낱같은 희망이었다. 앞에서 몸을 베베 꼬며, 또 손짓을 하고 있는 이 흑인 쌍둥이는 왜 놓아줬냐고 말을 하는 것 같았지만 영어를 하지 못하는 하루는 웃음으로 대체할 뿐이었다.

"주인님!"

"아직 기다려. 뱀파이어들이 다 빠져야지, 빨리 가라 전부!"

하루가 위협적으로 수 십 개의 불덩이들을 생성하고 외쳤다.

"파르데, 파라데. 그들을 놓아주세요. 저 인간처럼 자비라는 것을 실현 시켜야 비로소 신의 은총을 받는 것입니다."

"나도 피 냄새는 더 맡긴 싫었다. 놓아주어야겠지."

"그치, 놓자."

쌍둥이도 슈겐도로 잡아두었던 뱀파이어들의 속박을 풀었다. 바로 박쥐로 변해서 다들 날아가 버렸다.

"고맙네요. 오준…영인가? 이름이."

"제 이름을 어떻게?"

하루는 채령과 말랑이를 지켜준 오준영에게 고마움의 인사를 했다. 오준영은 기억이 잘 안 나는 모양이었지만 하루가 대장장이 장대은에게 장비를 받으러 갔을 때의 일들을 얘기하며 말을 하니 그제야 오준영은 고개를 끄덕이며 웃었다.

'아… 그런. 일이 좀 쉬울 수도…….'

"하하. 연락처 좀 알 수 있을까요. 나중에 한 잔… 아니면 밥이라도."

오준영은 살살 웃으며 하루에게 인벤토리에 있던 종이를 내밀었다. 이 사람이 그 사람이었다니 놀랍기도 했다.

"괜찮지, 당연히."

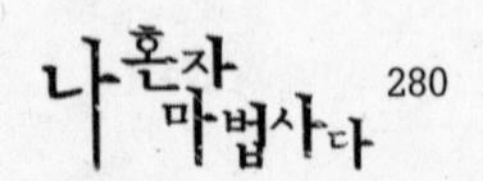

하루는 흔쾌히 번호를 적어주고 채령과 말랑이를 챙겼다. 가으하네는 역시나 멀쩡한 모습이었기에 알아서 따라오겠거니 했다.

“얘기 좀 하고 싶은데. 안되나?”

“멀리서 비행기다고 있는데, 같이 어디 멀쩡한 곳으로 가서.”

“그치, 같이 가야지.”

외국인 세 명이 하루를 붙잡았다. 집으로 가고 싶었는데 영어에 맞아서 피로가 더 쌓일 것만 같았다.

“컴온, 컴온. 일단 따라와요. 따라와. 오케이?”

역시나 세계 공통어는 영어가 아니라 보디랭귀지였다.

모든 것을 찍고 있던 카메라맨과 나서경 기자도 위험한 뉴스 마무리를 하고 갈 준비를 했다.

“그냥 가네. 뱀파이어들 계속 싸울 줄 알았는데.”

“뭐래. 가면 좋은 거잖아. 크~ 대박의 연속이다. 나 무슨 운 같은 게 정말 있나봐. 왜 스텟은 안생기지?”

나서경 기자가 팔짝 뛰며 기뻐하며 카메라맨의 말에 반박을 했다.

“계속 싸우면 다 죽는 건데…….”

웅얼거리는 카메라맨은 셔츠 앞주머니에 있는 볼펜 위 버튼을 다시 눌러서 껐다.

‘컷.’

하루는 머리를 긁적이며 세 남자를 쳐다봤다.

외국말은 못하니 어디 통역사를 좀 구해야 하는데 어디서 뭘 어떻게 구할지 몰랐다. 영어라도 배워둘걸 후회하는 하루였지만 하루의 친구들에게 전화를 돌려봐도 영어는 하지 못한다는 말에 위안을 얻고 미소를 지었다.

"하… 혹시 한국어 할 줄 모르죠. 그쵸?"

"무슨 말을 하는 건지 답답하군요. 통역사가 있어야 하는데. 그걸 생각 못했어요."

서스러가 손바닥을 치며 쌍둥이에게 말했다. 크나큰 실수였다. 만나도 대화가 되지 않으면 말짱 도루묵이었다.

아무 커피숍에 들어와서 대면한 모습은 눈길이 계속 쏠릴 만 했다.

플래시세례를 하지 말라 해도 사람들은 계속해서 찍었다.

"오우~ 커피가 왜 이리… 썩은 커피에요. 썩은 거."

커피에 좀 일가견이 있는 서스러였다. 커피 맛을 보더니 인상을 찌푸리며 던져버렸다.

그 모습에 커피를 한 모금 마시려던 쌍둥이는 슬며시 커피 잔을 내려뒀다.

"하아… 미치겠네. 여기 통역사나… 뭐 영어 하실 수 있는 분 좀……?”

백인 한 명, 흑인 두 명, 마법사 한 명, 서서 다니는 개 한 마리, 어둠의 기사, 여신(?) 한 분. 이 조합을 보기란 그리 쉬운 것이 아니었다. 찍히든 말든 포기한 하루는 자신을 찍고 있는 사람들에게 소리치며 물었기만 잔잔 했다

“근처 영어 학원에 가면 되지 않을까…요?”

사람들 틈에서 해리포터 안경을 낀 학생이 조심스럽게 말을 했다. 영어 학원에 가면 선생님들이 많으니 통역이 될 것이다. 어느 정도 말만 알아듣기만 하면 됐기에, 고맙다고 말한 후 일어섰다.

휘청―

하루의 몸이 휘청거렸다. 피로감이 한 번에 오고 있었다. 지금까지 무리를 해서 그런지 힘이 나질 않았다.

이대로 자고만 싶었다. 하루는 단잠에 빠져들었다.

하루가 한바탕 난리를 치고 간 의정부 교도소.

경찰관들은 인상을 찌푸리며 두 개의 시신을 치우고 있었다. 처참한 몰골을 쳐다보기도 싫었다.

“하… 냄새가 역해.”

“빨리 치우고 쉬자고. 여길 언제 다 고쳐놓나… 이러다

건축 스킬 생기겠어."

이끼가 끼어 있고 낡은 벽면이여서 새로 고치는 게 좋긴 좋았다. 그러나 경찰관들은 극도의 귀차니즘을 느끼고 있었다. 아마 이 벽을 고치는데도 몇 개월이 걸릴 것이다.

"빨리 빨리 움직이기나 하자…ㄱ……."

"왜 그래? 뭐 있ㅇ……."

경찰관들의 행동이 일제히 멈췄다. 그 주변에 있는 수감자들도 마찬가지로 움직일 수가 없었다. 그렇다고 해서 시간이 멈춘 것은 아니었다. 다만 바닥에서부터 스물 스물 검은 연기 같은 것이 올라왔다.

그리곤 죽어 있는 시신들을 검은 연기가 덮었다. 갈퀴로 변해서 바닥으로 끌려가는 듯한 모습이었다. 시신들이 바닥으로 끌어당겨졌다. 그러나 바닥에는 그 어떠한 뚫린 자국이 없었다. 교도소 지하에는 질 나쁜 수감자들만 모아둔다. 사방이 철로 되어 있으며 지하여서 창문조차 없고 먹을 것이 들어오는 구멍도 개구멍 보다 작았다. 그런 방들 중 하나에서 와그작거리며 맛있게 무엇인가를 먹고 있었다. 좀 전에 내려온 시신들이었다.

"크큭… 큭… 거의 다 됐어……."

피를 입가에 묻히고 미소를 짓는 모습이 아주 잔인해 보였다. 죄수의 번호도 피에 물들어서 잘 보이지 않았는데도 가운데 4란 숫자는 뚜렷하게 잘 보였다.

사실상 지하에 있는 사람은 이 생명체 하나다. 감옥들에는 사람이 살았던 흔적이 남아 있긴 했지만 그 어디서도 모습을 찾을 수 없었다. 4자가 뚜렷하게 보이는 죄수복을 입은 생명체는 다 먹은 시신의 뼈를 뒤로 던져버렸다. 우수수 해골들이 굴러서 무너졌다. 그 수가 족히 백 명은 넘는 듯 했다.

웃음소리가 지하 감옥에서는 끊이질 않고 이 생명체의 발엔 마법진들이 깔려 있었다. 그리고 생명체가 허공에 손을 휘젓자 또 다른 마법진들이 줄지어 생겨났다.

'신이야. 신이…….'

에벰은 계속해서 생겨나는 싱크홀들을 그저 바라만 볼 수밖에 없었다. 직접적으로 완전히 개입할 수는 없었기에 어서 원인을 찾아야만 했다.

〈4권에 계속〉